धूमिल

सुदामा पाण्डेय धूमिल का जन्म 9 नवम्बर, 1936, गाँव खेवली, बनारस (उत्तर प्रदेश) में हुआ।

इनकी प्रारम्भिक शिक्षा गाँव में हुई तथा कूर्मि क्षत्रिय इंटर कॉलेज, हरहुआ से 1953 में हाईस्कूल।

आजीविका के लिए काशी से कलकत्ता तक भटके। नौकरी मिली तो मानसिक यंत्रणा भारी पड़ी। ब्रेन ट्यूमर से पीड़ित रहे।

धूमिल साठोत्तर हिन्दी कविता के शलाका पुरुष हैं। पहली कविता कक्षा सात में लिखी। प्रारम्भिक गीतों का संग्रह—'बाँसुरी जल गई' फिलहाल अनुपलब्ध। कुछ कहानियाँ भी लिखीं। धूमिल की कीर्ति का आधार वे विलक्षण कविताएँ हैं जो *संसद से सड़क तक* (*कल सुनना मुझे* और *सुदामा पाण्डेय का लोकतंत्र* में उपस्थित हैं।

धूमिल सच्चे अर्थ में जनकवि हैं। लोकतंत्र को आकार-अस्तित्व देनेवाले अनेक संस्थानों के प्रति मोहभंग, जनता का उत्पीड़न, सत्यविमुख सत्ता, मूल्यरहित व्यवस्था और असमाप्त पाखंड धूमिल की कविताओं का केन्द्र है। वे शब्दों को खुरदरे यथार्थ पर ला खड़ा करते हैं। भाषा और शिल्प की दृष्टि से उन्होंने एक नई काव्यधारा का प्रवर्तन किया है। जर्जर सामाजिक संरचनाओं और अर्थहीन काव्यशास्त्र को आवेग, साहस, ईमानदारी और रचनात्मक आक्रोश से निरस्त कर देनेवाले रचनाकार के रूप में धूमिल चिरस्मरणीय हैं।

**निधन** : 10 फरवरी, 1975

धूमिल

# संसद से सड़क तक

राजकमल पेपरबैक्स

पहला पुस्तकालय संस्करण
राजकमल प्रकाशन प्राइवेट लिमिटेड द्वारा
1972 में प्रकाशित

राजकमल पेपरबैक्स में
**पहला संस्करण :** 2006
**दसवाँ संस्करण :** 2026



---

**राजकमल पेपरबैक्स :** उत्कृष्ट साहित्य के जनसुलभ संस्करण

---

राजकमल प्रकाशन प्रा. लि.
1-बी, नेताजी सुभाष मार्ग, दरियागंज
नई दिल्ली-110 002
द्वारा प्रकाशित

**शाखाएँ :** अशोक राजपथ, साइंस कॉलेज के सामने, पटना-800 006
पहली मंजिल, दरबारी बिल्डिंग, महात्मा गांधी मार्ग, प्रयागराज-211 001
1, अनमोल सोराबजी सन्तुक लेन, धोबी तलाव, मरीन लाइंस, मुम्बई-400 002

वेबसाइट : www.rajkamalprakashan.com
ई-मेल : info@rajkamalprakashan.com

विकास कम्प्यूटर एंड प्रिंटर्स
ट्रॉनिका सिटी-201 102
द्वारा मुद्रित

**मूल्य :** ₹199

SANSAD SE SARAK TAK
*Poems by* Dhoomil

ISBN : 978-81-267-2449-9

एक सही कविता
पहले
एक सार्थक वक्तव्य होती है।

# अनुक्रम

उन्होंने किसी चीज़ को
सही जगह नहीं रहने दिया है
न संज्ञा
न विशेषण
न सर्वनाम
एक समूचा और सही वाक्य
टूटकर
बि ख र गया है

# कविता

उसे मालूम है कि शब्दों के पीछे
कितने चेहरे नंगे हो चुके हैं
और हत्या अब लोगों की रुचि नहीं—
आदत बन चुकी है
वह किसी गँवार आदमी की ऊब से
पैदा हुई थी और
एक पढ़े-लिखे आदमी के साथ
शहर में चली गई

एक सम्पूर्ण स्त्री होने के पहले ही
गर्भाधान की क्रिया से गुज़रते हुए
उसने जाना कि प्यार
घनी आबादीवाली बस्तियों में
मकान की तलाश है
लगातार बारिश में भीगते हुए
उसने जाना कि हर लड़की
तीसरे गर्भपात के बाद
धर्मशाला हो जाती है और कविता
हर तीसरे पाठ के बाद

नहीं—अब वहाँ कोई अर्थ खोजना व्यर्थ है
पेशेवर भाषा के तस्कर-संकेतों

और बैलमुत्ती इबारतों में
अर्थ खोजना व्यर्थ है
हाँ, हो सके तो बगल से गुज़रते हुए आदमी से कहो—
लो, यह रहा तुम्हारा चेहरा,
यह जुलूस के पीछे गिर पड़ा था

इस वक़्त इतना ही काफ़ी है

वह बहुत पहले की बात है
जब कहीं, किसी निर्जन में
आदिम पशुता चीख़ती थी और
सारा नगर चौंक पड़ता था
मगर अब—
अब उसे मालूम है कि कविता
घेराव में
किसी बौखलाए हुए आदमी का
संक्षिप्त एकालाप है।

# बीस साल बाद

बीस साल बाद
मेरे चेहरे में
वे आँखें वापस लौट आई हैं
जिनसे मैंने पहली बार जंगल देखा है :
हरे रंग का एक ठोस सैलाब जिसमें सभी पेड़ डूब गए हैं।

और जहाँ हर चेतावनी
ख़तरे को टालने के बाद
एक हरी आँख बनकर रह गई है।

बीस साल बाद
मैं अपने-आपसे एक सवाल करता हूँ
जानवर बनने के लिए कितने सब्र की ज़रूरत होती है?
और बिना किसी उत्तर के चुपचाप
आगे बढ़ जाता हूँ
क्योंकि आजकल मौसम का मिज़ाज यूँ है
कि खून में उड़नेवाली पत्तियों का पीछा करना
लगभग बेमानी है।

दोपहर हो चुकी है
हर तरफ ताले लटक रहे हैं
दीवारों से चिपके गोली के छर्रों

और सड़कों पर बिखरे जूतों की भाषा में
एक दुर्घटना लिखी गई है
हवा से फड़फड़ाते हुए हिन्दुस्तान के नक्शे पर
गाय ने गोबर कर दिया है।

मगर यह वक्त घबराए हुए लोगों की शर्म
आँकने का नहीं
और न यह पूछने का—
कि सन्त और सिपाही में
देश का सबसे बड़ा दुर्भाग्य कौन है!

आह! वापस लौटकर
छूटे हुए जूतों में पैर डालने का वक्त यह नहीं है
बीस साल बाद और इस शरीर में
सुनसान गलियों से चोरों की तरह गुज़रते हुए
अपने-आप से सवाल करता हूँ—
क्या आज़ादी सिर्फ़ तीन थके हुए रंगों का नाम है
जिन्हें एक पहिया ढोता है
या इसका कोई खास मतलब होता है?

और बिना किसी उत्तर के आगे बढ़ जाता हूँ
चुपचाप।

# जनतन्त्र के सूर्योदय में

रक्तपात—
कहीं नहीं होगा
सिर्फ़, एक पत्ती टूटेगी!
एक कन्धा झुक जाएगा!
फड़कती भुजाओं और
सिसकती हुई आँखों को
एक साथ लाल फीतों में लपेटकर
वे रख देंगे
काले दराज़ों के निश्चल एकान्त में
जहाँ रात में
संविधान की धाराएँ
नाराज़ आदमी की परछाईं को
देश के नक्शे में
बदल देती हैं

पूरे आकाश को
दो हिस्सों में काटती हुई
एक गूँगी परछाईं गुज़रेगी
दीवारों पर खड़खड़ाते रहेंगे
हवाई हमलों से सुरक्षा के इश्तहार
या
        ता

या

त

को

रा

स्ता

देती हुई जलती रहेंगी

चौरस्तों की बत्तियाँ

सड़क के पिछले हिस्से में
छाया रहेगा
पीला अन्धकार
शहर की समूची
पशुता के खिलाफ
गलियों में नंगी घूमती हुई
पागल औरत के 'गाभिन पेट' की तरह
सड़क के पिछले हिस्से में
छाया रहेगा पीला अन्धकार
और तुम
महसूसते रहोगे कि ज़रूरतों के
हर मोर्चे पर
तुम्हारा शक
एक की नींद और
दूसरे की नफ़रत से
लड़ रहा है
अपराधियों के झुंड में शरीक होकर
अपनी आवाज का चेहरा टटोलने के लिए
कविता में

अब कोई शब्द छोटा नहीं पड़ रहा है :
लेकिन तुम चुप रहोगे;
तुम चुप रहोगे और लज्जा के
उस निरर्थ गूँगेपन-से सहोगे—

यह जानकर कि तुम्हारी मातृभाषा
उस महरी की तरह है, जो
महाजन के साथ रात-भर
सोने के लिए
एक साड़ी पर राज़ी है
सिर कटे मुर्ग की तरह फड़कते हुए
जनतंत्र में
सुबह—
सिर्फ़, चमकते हुए रंगों की चालबाज़ी है
और यह जानकर भी, तुम चुप रहोगे
या शायद, वापसी के लिए पहल करनेवाले—
आदमी की तलाश में
एक बार फिर
तुम लौट जाना चाहोगे मुर्दा इतिहास में
मगर तभी—
यादों पर पर्दा डालती हुई सबेरे की
फिरंगी हवा बहने लगेगी

अख़बारों की धूप और
वनस्पतियों के हरे मुहावरे
तुम्हें तसल्ली देंगे
और जलते हुए जनतंत्र के सूर्योदय में
शरीक़ होने के लिए
तुम, चुपचाप, अपनी दिनचर्या का
पिछला दरवाजा खोलकर
बाहर आ जाओगे
जहाँ घास की नोक पर
थरथराती हुई ओस की एक बूँद
झड़ पड़ने के लिए
तुम्हारी सहमति का इन्तज़ार
कर रही है।

# अकाल-दर्शन

भूख कौन उपजाता है :
वह इरादा जो तरह देता है
या वह घृणा जो आँखों पर पट्टी बाँधकर
हमें घास की सट्टी में छोड़ आती है?

उस चालाक आदमी ने मेरी बात का उत्तर
नहीं दिया।
उसने गलियों और सड़कों और घरों में
बाढ़ की तरह फैले हुए बच्चों की ओर इशारा किया
और हँसने लगा।

मैंने उसका हाथ पकड़ते हुए कहा—
'बच्चे तो बेकारी के दिनों की बरकत हैं'
इससे वे भी सहमत हैं
जो हमारी हालत पर तरस खाकर, खाने के लिए
रसद देते हैं।
उनका कहना है कि बच्चे
हमें बसन्त बुनने में मदद देते हैं।

लेकिन यही वे भूलते हैं
दरअस्ल, पेड़ों पर बच्चे नहीं
हमारे अपराध फूलते हैं

मगर उस चालाक आदमी ने मेरी किसी बात का उत्तर
नहीं दिया और हँसता रहा—हँसता रहा—हँसता रहा
फिर जल्दी से हाथ छुड़ाकर
'जनता के हित में' स्थानान्तरित
हो गया।

मैंने खुद को समझाया—यार!
उस जगह खाली हाथ जाने से इस तरह
क्यों झिझकते हो?
क्या तुम्हें किसी का सामना करना है?
तुम वहाँ कुआँ झाँकते आदमी की
सिर्फ़ पीठ देख सकते हो।

और सहसा मैंने पाया कि मैं ख़ुद अपने सवालों के
सामने खड़ा हूँ और
उस मुहावरे को समझ गया हूँ
जो आज़ादी और गांधी के नाम पर चल रहा है
जिससे न भूख मिट रही है, न मौसम
बदल रहा है।
लोग बिलबिला रहे हैं (पेड़ों को नंगा करते हुए)
पत्ते और छाल
खा रहे हैं
मर रहे हैं, दान
कर रहे हैं।
जलसों-जुलूसों में भीड़ की पूरी ईमानदारी से
हिस्सा ले रहे हैं और
अकाल को सोहर की तरह गा रहे हैं।
झुलसे हुए चेहरों पर कोई चेतावनी नहीं है।

मैंने जब भी उनसे कहा है देश शासन और राशन...
उन्होंने मुझे टोक दिया है।
अक्सर, वे मुझे अपराध के असली मुकाम पर

अँगुली रखने से मना करते हैं।
जिनका आधे से ज्यादा शरीर
भेड़ियों ने खा लिया है
वे इस जंगल की सराहना करते हैं—
'भारतवर्ष नदियों का देश है।'

बेशक, यह खयाल ही उनका हत्यारा है।
यह दूसरी बात है कि इस बार
उन्हें पानी ने मारा है।

मगर वे हैं कि असलियत नहीं समझते।
अनाज में छिपे 'उस आदमी' की नीयत
नहीं समझते
जो पूरे समुदाय से
अपनी ग़िज़ा वसूल करता है—
कभी 'गाय' से
और कभी 'हाय' से

'यह सब कैसे होता है' मैं उन्हें समझाता हूँ
मैं उन्हें समझाता हूँ—
वह कौन-सा प्रजातांत्रिक नुस्खा है
कि जिस उम्र में
मेरी माँ का चेहरा
झुर्रियों की झोली बन गया है
उसी उम्र की मेरे पड़ोस की महिला
के चेहरे पर
मेरी प्रेमिका के चेहरे-सा
लोच है।

वे चुपचाप सुनते हैं।
उनकी आँखों में विरक्ति है;
पछतावा है;

संकोच है
या क्या है कुछ पता नहीं चलता।
वे इस कदर पस्त हैं :

कि तटस्थ हैं।
और मैं सोचने लगता हूँ कि इस देश में
एकता युद्ध की और दया
अकाल की पूँजी है।
क्रान्ति—
यहाँ के असंग लोगों के लिए
किसी अबोध बच्चे के—
हाथों की जूजी है।

## वसन्त

इधर मैं कई दिनों से प्रतीक्षा
कर रहा हूँ : कुर्सी में
टिमटिमाते हुए आदमी की आँखों में
ऊब है और पड़ोसी के लिए
लम्बी यातना के बाद
किसी तीखे शब्द का आशय
अप्रत्याशित ध्वनियों के समानान्तर
एक खोखला मैदान है
और मासिकधर्म में डूबे हुए लत्ते-सा
खड़खड़ाता हुआ दिन
जाड़े की रात में
जले हुए कुत्ते का घाव
सूखने लगा है
मेरे आस-पास
एक अजीब-सा स्वाद-भरा रूखापन है
उधार देनेवाले बनिए के
नमस्कार की तरह
जिसे मैं मात्र इसलिए सहता हूँ
कि इसी के चलते मौज से
रहता हूँ
मेरे लिए अब कितना आसान हो गया है
नामों और आकारों के बीच से

चीज़ों को टटोलकर निकालना
अपने लिए तैयार करना—
और फिर उस तनाव से होकर—
गुज़र जाना
जिसमें ज़िम्मेदारियाँ
आदमी को खोखला करती हैं
मेरे लिए वसन्त
बिलों के भुगतान का मौसम है
और यह वक्त है कि मैं भी वसूल करूँ—
टूटती हुई पत्तियों की उम्र
जाड़े की रात जले कुत्ते का दुस्साहस
वारंट के साथ आए अमीन की उतावली
और पड़ोसियों का तिरस्कार
या फिर
उन तमाम लोगों का प्यार
जिनके बीच
मैं अपनी उम्मीद के लिए
अपराधी हूँ
यह वक्त है कि मैं
तमाम झुकी हुई गरदनों को
उस पेड़ की ओर घुमा दूँ
जहाँ वसन्त
दिमाग से निकले हुए पाषाणकालीन पत्थर की तरह
डाल से लटका हुआ है
यह वक्त है कि हम
कहीं न कहीं सहमत हों
वसन्त
मेरे उत्साहित हाथों में एक
ज़रूरत है
जिसके सन्दर्भ में समझदार लोग
चीज़ों को
घटी हुई दरों में कूतते हैं

और कहते हैं :
सौन्दर्य में स्वाद का मेल
जब नहीं मिलता
कुत्ते महुवे के फूल पर
मूतते हैं।

## एकान्त-कथा

मेरे पास उत्तेजित होने के लिए
कुछ भी नहीं है
न कोकशास्त्र की किताबें
न युद्ध की बात
न गद्‌देदार बिस्तर
न टाँगें, न रात
चाँदनी
कुछ भी नहीं

बलात्कार के बाद की आत्मीयता
मुझे शोक से भर गई है
मेरी शालीनता—मेरी ज़रूरत है
जो अक्सर मुझे नंगा कर गई है

जब कभी
जहाँ कहीं जाता हूँ
अचूक उद्‌दंडता के साथ देहों को
छायाओं की ओर सरकते हुए पाता हूँ
भट्‌ठियाँ सब जगह हैं
सभी जगह लोग सेंकते हैं शील
उम्र की रपटती ढलानों पर
ठोकते हैं जगह-जगह कील—

कि अनुभव ठहर सकें
अक्सर लोग आपस में बुनते हैं
गहरा तनाव
वह शायद इसलिए कि थोड़ी देर ही सही
मृत्यु से उबर सकें
मेरी दृष्टि जब भी कभी
ज़िन्दगी के काले कोनों में पड़ी है
मैंने वहाँ देखी है—
एक अन्धी ढलान
बैलगाड़ियों को पीठ पर लादकर
खड़ी है
(जिनमें व्यक्तित्व के सूखे कंकाल है)
वैसे यह सच है—
जब
सड़कों में होता हूँ
बहसों में होता हूँ;
रह-रह चहकता हूँ
लेकिन हर बार वापस घर लौटकर
कमरे के अपने एकान्त में
जूते से निकाले गए पाँव-सा
महकता हूँ।

# शान्ति-पाठ

अखबारों की सुर्खियाँ मिटाकर दुनिया के नक्शे पर
अन्धकार की एक नई रेखा खींच रहा हूँ,
मैं अपने भविष्य के पठार पर आत्महीनता का दलदल
उलीच रहा हूँ।
मेरा डर मुझे चर रहा है।
मेरा अस्तित्व पड़ोस की नफरत की बगल से उभर रहा है।
अपने दिमाग के आत्मघाती एकान्त में
खुद को निहत्था साबित करने के लिए
मैंने गांधी के तीनों बन्दरों की हत्या की है।
देश-प्रेम की भट्ठी जलाकर
मैं अपनी ठंडी मांसपेशियों को विदेशी मुद्रा में
ढाल रहा हूँ
फूट पड़ने के पहले, अणुबम के मसौदे को बहसों की प्याली में
उबाल रहा हूँ।
ज़रायमपेशा औरतों की सावधानी और संकटकालीन क्रूरता
मेरी रक्षा कर रही है।
गर्भ-गद्गद् औरतों में अजवाइन का सत्त और मिस्सी
बाँट रहा हूँ।

युवकों को आत्महत्या के लिए रोज़गार दफ्तर भेजकर
पंचवर्षीय योजनाओं की सख्त चट्टान को
कागज़ से काट रहा हूँ।

बूढ़ों को बीते हुए का दर्प और बच्चों को विरोधी
चमड़े का मुहावरा सिखा रहा हूँ।
गिद्धों की आँखों के खूनी कोलाहल और ठंडे लोगों की
आत्मीयता से बचकर
मैकमोहन रेखा एक मुर्दे की बगल में सो रही है
और मैं दुनिया के शान्ति-दूतों और जूतों को
परम्परा की पालिश से चमका रहा हूँ।
अपनी आँखों में सभ्यता के गर्भाशय की दीवारों का
सुरमा लगा रहा हूँ।
मैं देख रहा हूँ एशिया में दाएँ हाथों की मक्कारी ने
विस्फोटक सुरंगें बिछा दी हैं।
उत्तर-दक्षिण-पूरब-पश्चिम-कोरिया, वियतनाम
पाकिस्तान, इजराइल और कई नाम
उसके चारों कोनों पर खूनी धब्बे चमक रहे हैं।
मगर मैं अपनी भूखी अँतड़ियाँ हवा में फैलाकर
पूरी नैतिकता के साथ अपने सड़े हुए अंगों को सह रहा हूँ।
भेड़िए को भाई कह रहा हूँ।

कबूतर का पर लगाकर
विदेशी युद्धप्रेक्षकों ने
आज़ादी की बिगड़ी हुई मशीन को
ठीक कर दिया है।
वह फिर हवा देने लगी है।
न मैं कमन्द हूँ
न कवच हूँ
न छन्द हूँ
मैं बीचोबीच से दब गया हूँ।
मैं चारों तरफ से बन्द हूँ।
मैं जानता हूँ कि इससे न तो कुर्सी बन सकती है
और न बैसाखी
मेरा गुस्सा—
जनमत की चढ़ी हुई नदी में

एक सड़ा हुआ काठ है।
लन्दन और न्यूयार्क के घुंडीदार तसमों से
डमरू की तरह बजता हुआ मेरा चरित्र
अँगरेजी का 8 है।

# उस औरत की बगल में लेटकर

मैंने पहली बार महसूस किया है
कि नंगापन
अन्धा होने के खिलाफ
एक सख़्त कार्यवाही है

उस औरत की बगल में लेटकर
मुझे लगा कि नफ़रत
और मोमबत्तियाँ जहाँ बेकार
साबित हो चुकी हैं और पिघले हुए
शब्दों की परछाईं
किसी खौफ़नाक जानवर के चेहरे में
बदल गई हैं, मेरी कविताएँ
अँधेरा और कीचड़ और गोश्त की
खुराक पर ज़िन्दा हैं

वक्त को रगड़कर
मिटा देने के लिए
सिर्फ़ उछलते शरीर ही काफ़ी नहीं हैं
जबकि हमारा चेहरा
रसोईघर की फूटी पतीलियों के ठीक
सामने है और रात
उस वक्त रास्ता नहीं होती

जब हमारे भीतर तरबूज़ कट रहे हैं
मगर हमारे सिर तकियों पर
पत्थर हो गए हैं
उस औरत की बगल में लेटकर
मैंने महसूस किया है कि घर
छोटी–छोटी सुविधाओं की लानत से
बना है
जिसके अन्दर जूता पहनकर टहलना मना है
यह घास है याने कि हरा डर
जिसने मुझे इस तरह
सोचने पर मजबूर कर दिया है
इस वक्त यह सोचना कितना सुखद है
कि मेरे पड़ोसियों के सारे दाँत
टूट गए हैं
उनकी जाँघों की हरकत
पाला लगी मटर की तरह
मुर्झा गई है उनकी आँखों की सेहत
दीवार खा गई है

उस औरत की बगल में लेटकर
(जब अचानक
बुझे हुए मकानों के सामने
दमकलों के घंटे चुप हो गए हैं)
मुझे लगा है कि हाँफते हुए
दलदल की बगल में जंगल होना
आदमी की आदत नहीं अदना लाचारी है
और मेरे भीतर एक कायर दिमाग है
जो मेरी रक्षा करता है और वही
मेरी बटनों का उत्तराधिकारी है।

## राजकमल चौधरी के लिए

*[युकलिप्टस के दरख्त में एक भी पत्ती नहीं है अब*
*बरामदे में पड़ी लाश का चेहरा*
*ढँकने के लिए—राजकमल चौधरी]*

—कहीं कुछ भी नहीं है सिर्फ़
उसका मरना है, इस भ्रम के साथ-साथ
जिसे मैंने अपनी कविता का गवाह
कर लिया है। औरतें
योनि की सफलता के बाद
गंगा का गीत गा रही हैं
देह के अँधेरे में
उड़द और अजवाइन के पौधों का सपना
उग रहा है
बच्चे उस्तुरों के नीचे सिसकते हुए
सिर मुँड़ा रहे हैं और दोपहर
ररों की रेलिंग पर झुकी हुई है

लोलार्क कुंड की बनावट पर ग़ौर करते हुए
उसने कहा था
मासिक धर्म रुकते ही सुहागिन औरतें
सोहर की पंक्तियों का रस
(चमड़े की निर्जनता को गीला करने के लिए)

नए सिरे से सोखने लगती है
जाँघों में बढ़ती हुई लालच से
भविष्य के रंगीन सपनों को
जोखने लगती है
मगर अब वह नहीं है

उसका मर जाना पतियों के लिए
अपनी पत्नियों के पतिव्रता होने की
गारंटी है

मैं सोचता हूँ और शहर
श्मशान के पिछले हिस्से के परिचित अँधेरे में
किसी 'मरी' की तरह बँधा खड़ा है
घंटाघर में वक्त की कैंची
कबूतरों के पंख कतर रही है
चौराहों पर
भीड़ किसी अपभ्रंश का शुद्ध रूप जानने के लिए
उस प्रागैतिहासिक कथा की मुट्ठी
खोलने में व्यस्त है जहाँ रात
बनैले पशुओं ने विश्राम किया था। कविता में
कुछ लोग मनुष्य की आत्मा और गाँजे की
चिलम पर
अँगुलियों के निशान की शिनाख्त कर रहे हैं
मगर वह—
अब वहाँ नहीं है
मौसम की सूचना के साथ वक्त के काले हाशिए में
एक मौत दर्ज कर दी गई है
'रा..ज...क...म...ल...चौ...ध...री'

और में वापस छूट गया हूँ
वर्तमान की बजबजाती हुई सतह पर
हिजड़ों की एक पूरी पीढ़ी लूप और अन्धा कूप के मसले पर

बहस कर रही है
आज़ादी—इस दरिद्र परिवार की बीससाला 'बिटिया'
मासिकधर्म में डूबे हुए क्वाँरेपन की आग से
अन्धे अतीत और लँगड़े भविष्य की
चिलम भर रही है
वर्तमान की सतह पर
अस्पताल की अन्तर्धाराओं और नर्सों का
सामुद्रिक सीखने के बाद
'स्वप्न—सुखद हो' छाप तकियों को फाड़कर
मैं
मृत्यु और मृत्यु नहीं के बीच की सरल रेखा
तलाश करता हूँ मगर वहाँ
सिर्फ़ चूहों की लेड़ियों
बिनौलों और स्वप्नभंग की आतुर मुद्राओं की
मौसमी नुमाइश है
जिसके भीतर कविता
किसी छूटी हुई आदत को दुहराते हुए जीने की
गुंजाइश है और अन्धकार है
जिसने चीज़ों को आसान कर दिया है

मेरे देखते ही देखते
उसकी तसवीर के नीचे 'स्वर्गीय' लिखकर
फूलदान की बगल में
बुद्धिमानों का अन्धापन और अन्धों का विवेक
मापने के लिए
सफेद पालतू बिल्ली
अपने पंजों के नीचे से कुछ शब्द
काढ़कर रख देती है
अचानक सड़कें
इश्तिहारों के रोज़नामचों में बदल जाती है
'सिरोसिस' की सड़ी हुई गाँठ
समकालीन कवियों की आँख बन जाती है

नफरत के अन्धे कुहराम में सैकड़ों कविताएँ
कत्ल कर दी जाती हैं
मरी हुई गिलहरी की पीठ पर पहली मुहर
लगाने के लिए और युकलिप्टस का दरख्त
एक सामूहिक अफवाह में नंगा हो जाता है
—उसे ज़िन्दगी और ज़िन्दगी के बीच
कम से कम फासला
रखते हुए जीना था
यही वजह थी कि वह
एक की निगाह में हीरा आदमी था
तो दूसरी निगाह में
कमीना था

—एक बात साफ थी
उसकी हर आदत
दुनिया के व्याकरण के खिलाफ थी

—न वह किसी का पुत्र था
न भाई था
न पति था
न पिता था
न मित्र था
राख और जंगल से बना हुआ वह
एक ऐसा चरित्र था
जिसे किसी भी शर्त पर
राजकमल होना था
—वह सौ प्रतिशत सोना था
ऐसा मैं नहीं कहूँगा
मगर यह तै है कि उसकी शख्सियत
घास थी
वह जलते हुए मकान के नीचे भी
हरा था

—एक मतलबी आदमी जो अपनी ज़रूरतों में
निहायत खरा था
—उसे जंगल में
पेड़ की तलाश थी
—उसके पास शराब और गाँजा और शहनाई और औरतों के
दिलफरेब किस्से थे
—मगर ये सब सिर्फ़ उन पर्दों के हिस्से थे
जिनकी आड़ में बैठकर
वह कविताएँ बुनता था
...अपनी वासनाओं के अँधेरे में
वह खोया हुआ देश था

जीभ और जाँघ के चालू भूगोल से
अलग हटकर उसकी कविता
एक ऐसी भाषा है जिसमें कहीं भी
'लेकिन', 'शायद', 'अगर', नहीं है
उसके लिए हम इत्मीनान से कह सकते हैं कि वह
एक ऐसा आदमी था जिसका मरना
कविता से बाहर नहीं है

सैकड़ों आवाज़ें हैं
जिनके इर्द-गिर्द बैठकर
चायघरों में
मेरे दोस्त अगली शोकसभा का कार्यक्रम
तैयार कर रहे हैं :
एक नए कोरस की धुन और मौत की रोशनी में चमकने का
साहस,
खोए हुए आदमी की हुलिया का इश्तिहार और एक रंगीन
खाली बोतल,
तीन दर्जन कागों की चुप्पी और एक काला रिबन,
औसत दर्जे की टेप-रिकार्डिंग मशीन और बच्चों के खेलने
की विलायती पिस्तौल का देशी मॉडल—

मेरे दोस्त चायघरों में
अगली शोकसभा का कार्यक्रम तैयार कर रहे हैं
मगर मैं उनमें शरीक नहीं होना चाहता
मैं कविताओं में उनका पीछा करना चाहता हूँ
इसके पहले कि वे उसे किसी संख्या में
या व्याकरण की किसी अपाहिज धारणा में बदल दें
मैं उन तमाम चुनौतियों के लिए
खुद को तैयार करना चाहता हूँ
जिनका सामना करने के लिए छत्तीस साल तक
वह आदमी अन्धी गलियों में
नफ़रत का दरवाज़ा खटखटाकर
कैंचियों की दलाली करता रहा
छत्तीस साल तक गुप्त रोगों के इलाज की जड़ी
ढूँढ़ता रहा वेश्याओं और गँजेड़ियों के
नींद-भरे जंगल में

अपनी रुकी हुई किडनी के अन्धे दराज में
हाथ डालकर
कविताओं में बेलौस शब्द फेंकता रहा
और अन्त में—
अपने लिए सही टोपियों का चुनाव न कर सकने की—
हालत में बौखलाकर
अघोरियों की संगत में बैठ गया

मगर नहीं—अँधेरे घाटों पर बँधी हुई नावों को
अदृश्य द्वीपों की ओर खोलकर
कल उसे लोगों ने
गाँव की तरफ़ जाते हुए देखा था
उसके पैर वर्तमान की कीचड़ से लथपथ थे
उसकी पीठ झुकी हुई थी
उसके चेहरे पर
अनुभव की गहरी खराश थी :

'पूरा का पूरा यह युद्ध-काव्य
मैंने गलत जिया है
गलत किया है मैंने इस
कमरे को समझकर
जहाजी बेड़ों का बन्दरगाह...
...इस अकाल बेला में
जम्बूद्वीप के प्रारम्भ से ही यह अन्धकार
बन गया था हमारा अन्तरंग संस्कार'

बार-बार
उसकी कविताओं में
बवासीर की गाँठ की तरह शब्द
लहू उगलते हैं
और बार-बार मेरे भीतर टूटता है,
टूटता है और मुझे तैयार करता है
चुनौतियों के सामने।

उसका मरना मुझे जीने का सही कारण देता है
जबकि वे
याने कि मेरे दोस्त
पहियों और पांडुलिपियों की रायल्टी तय करने की
होड़ में
यह नहीं जानते
कि वह
फूलदानों, मछलियों, अँधेरों और कविताओं
को कौन-सा अर्थ
देने के लिए
किस जंगल
किस समुद्र
किस शहर के अँधेरे में जाकर
गायब हो गया है

उन्होंने, सिर्फ़, उसे
एक जलते हुए मकान की छत्तीसवीं खिड़की से
हवा में—
फाँदते हुए देखा है।

# मोचीराम

राँपी से उठी हुई आँखों ने मुझे
क्षण-भर टटोला
और फिर
जैसे पतियाए हुए स्वर में
वह हँसते हुए बोला—
बाबूजी! सच कहूँ—मेरी निगाह में
न कोई छोटा है
न कोई बड़ा है
मेरे लिए, हर आदमी एक जोड़ी जूता है
जो मेरे सामने
मरम्मत के लिए खड़ा है

और असल बात तो यह है
कि वह चाहे जो है
जैसा है, जहाँ कहीं है
आजकल
कोई आदमी जूते की नाप से
बाहर नहीं है
फिर भी मुझे ख्याल रहता है
कि पेशेवर हाथों और फटे हुए जूतों के बीच
कहीं-न-कहीं एक अदद आदमी है
जिस पर टाँके पड़ते हैं,

जो जूते से झाँकती हुई अँगुली की चोट छाती पर
हथौड़े की तरह सहता है

यहाँ तरह-तरह के जूते आते हैं
और आदमी की अलग-अलग 'नवैयत'
बतलाते हैं
सबकी अपनी-अपनी शक्ल है
अपनी-अपनी शैली है
मसलन एक जूता है :
जूता क्या है—चकतियों की थैली है
इसे एक चेहरा पहनता है
जिसे चेचक ने चुग लिया है
उस पर उम्मीद को तरह देती हुई हँसी है
जैसे 'टेलीफ़ून' के खम्भे पर
कोई पतंग फँसी है
और खड़खड़ा रही है
'बाबूजी! इस पर पैसा
क्यों फूँकते हो?'
मैं कहना चाहता हूँ
मगर मेरी आवाज़ लड़खड़ा रही है
मैं महसूस करता हूँ—भीतर से
एक आवाज़ आती है—'कैसे आदमी हो
अपनी जाति पर थूकते हो।'
आप यकीन करें, उस समय
मैं चकतियों की जगह आँखें टाँकता हूँ
और पेशे में पड़े हुए आदमी को
बड़ी मुश्किल से निबाहता हूँ

एक जूता और है जिससे पैर को
'नाँधकर' एक आदमी निकला है
सैर को
न वह अक्लमन्द है

न वक्त का पाबन्द है
उसकी आँखों में लालच है
हाथों में घड़ी है
उसे कहीं जाना नहीं है
मगर चेहरे पर
बड़ी हड़बड़ी है
वह कोई बनिया है
या बिसाती है
मगर रोब ऐसा कि हिटलर का नाती है
'इशे बाँद्धो, उशे काट्टो, हियाँ ठोक्को, वहाँ पीट्टो
घिश्शा दो, अइशा चमकाओ, जुत्ते को ऐना बनाओ
...ओफ़्फ़! बड़ी गर्मी है' रुमाल से हवा
करता है, मौसम के नाम पर बिसूरता है
सड़क पर 'आतियों-जातियों' को
बानर की तरह घूरता है
गरज़ यह कि घंटे-भर खटवाता है
मगर नामा देते वक्त
साफ़ 'नट' जाता है
'शरीफ़ों को लूटते हो' वह गुर्राता है
और कुछ सिक्के फेंककर
आगे बढ़ जाता है
अचानक चिहुँककर सड़क से उछलता है
और पटरी पर चढ़ जाता है
चोट जब पेशे पर पड़ती है
तो कहीं-न-कहीं एक चोर कील
दबी रह जाती है
जो मौका पाकर उभरती है
और अँगुली में गड़ती है

मगर इसका मतलब यह नहीं है
कि मुझे कोई ग़लतफ़हमी है
मुझे हर वक्त यह खयाल रहता है कि जूते

और पेशे के बीच
कहीं-न-कहीं एक अदद आदमी है
जिस पर टाँके पड़ते हैं
जो जूते से झाँकती हुई अँगुली की चोट
छाती पर
हथौड़े की तरह सहता है
और बाबूजी! असल बात तो यह है कि ज़िन्दा रहने के पीछे
अगर सही तर्क नहीं है
तो रामनामी बेचकर या रंडियों की
दलाली करके रोज़ी कमाने में
कोई फर्क नहीं है
और यही वह जगह है जहाँ हर आदमी
अपने पेशे से छूटकर
भीड़ का टमकता हुआ हिस्सा बन जाता है
सभी लोगों की तरह
भाषा उसे काटती है
मौसम सताता है
अब आप इस बसन्त को ही लो,
यह दिन को ताँत की तरह तानता है
पेड़ों पर लाल-लाल पत्तों के हज़ारों सुखतल्ले
धूप में, सीझने के लिए
लटकाता है

सच कहता हूँ—उस समय
राँपी की मूठ को हाथ में सँभालना
मुश्किल हो जाता है
आँख कहीं जाती है
हाथ कहीं जाता है
मन किसी झुँझलाए हुए बच्चे-सा
काम पर आने से बार-बार इनकार करता है
लगता है कि चमड़े की शराफ़त के पीछे
कोई जंगल है जो आदमी पर

पेड़ से वार करता है
और यह चौंकने की नहीं, सोचने की बात है
मगर जो ज़िन्दगी को किताब से नापता है
जो असलियत और अनुभव के बीच
खून के किसी कमज़ात मौके पर कायर है
वह बड़ी आसानी से कह सकता है
कि यार! तू मोची नहीं, शायर है
असल में वह एक दिलचस्प ग़लतफ़हमी का
शिकार है
जो यह सोचता है कि पेशा एक जाति है
और भाषा पर
आदमी का नहीं, किसी जाति का अधिकार है
जबकि असलियत यह है कि आग
सबको जलाती है सच्चाई
सबसे होकर गुज़रती है
कुछ हैं जिन्हें शब्द मिल चुके हैं
कुछ हैं जो अक्षरों के आगे अन्धे हैं
वे हर अन्याय को चुपचाप सहते हैं
और पेट की आग से डरते हैं
जबकि मैं जानता हूँ कि 'इनकार से भरी हुई एक चीख़'
और 'एक समझदार चुप'
दोनों का मतलब एक है—
भविष्य गढ़ने में, 'चुप' और 'चीख़'
अपनी-अपनी जगह एक ही किस्म से
अपना-अपना फ़र्ज अदा करते हैं।

# शहर में सूर्यास्त

अधजले शब्दों के ढेर में तुम
क्या तलाश रहे हो?
तुम्हारी आत्मीयता—
जले हुए काग़ज़ की वह तस्वीर है
जो छूते ही राख हो जाएगी।
इस देश के बातूनी दिमाग में
किसी विदेशी भाषा का सूर्यास्त
फिर सुलगने लगा है
लाल-हरी झंडियाँ-
जो कल तक शिखरों पर फहरा रही थीं
वक्त की निचली सतहों में उतरकर
स्याह हो गई है और चरित्रहीनता
मंत्रियों की कुर्सी में तबदील हो चुकी है
तुम्हारी तरह मुझे भी अफसोस है
मैंने भी इस देश को
एक जवान आदमी की
रंगीन इच्छाओं की पूरी गहराई से
प्यार किया था
मगर अब, अतीत में अपना चेहरा
देखने के लिए

शीशे की धूल झाड़ना बेकार है
उसकी पालिश उतर चुकी है

और अब उसके दोनों ओर, सिर्फ़
दीवार है
जिसके पीछे—
राजनीतिक अफ़वाहों का शरदकालीन
आकाश नगर के लफंगों में
आखिर नाटक की मनपसन्द भूमिकाएँ
बाँट रहा है
'रिहर्सल' के हवा-बन्द कमरों में
खिड़कियों के गन्दे मुहावरे गूँज रहे हैं
शाम हो रही है
दिन की मुँडेर पर, अन्धकार में आधा
झुका सूरज
अपनी जाँघों पर
रोशनी की गुलेल तोड़ रहा है
रंगों की बदचलन इच्छाएँ
शहर का सबसे अच्छा 'शो केस' तैयार
कर रही हैं
उन्होंने जनता और ज़रायमपेशा
औरतों के बीच की
सरल रेखा को काटकर
स्वस्तिक चिन्ह बना लिया है
और हवा में एक चमकदार गोल शब्द
फेंक दिया है—'जनतंत्र'
जिसकी रोज सैकड़ों बार हत्या होती है
और हर बार
वह भेड़ियों की ज़ुबान पर ज़िन्दा है!

# प्रौढ़ शिक्षा

काले तख्ते पर सफ़ेद खड़िया से
मैं तुम्हारे लिए लिखता हूँ—'अ'
और तुम्हारा मुख
किसी अन्धी गुफा के द्वार की तरह
खुल जाता है—'आऽऽ!'

यह भविष्य है यानी कि शब्दों की दुनिया में
आने की सहमति। तुमने पहली बार
बीते दिनों की यातना के ख़िलाफ़
मुँह खोला है

और यह उस आदमी का भविष्य है जिसका
गूँगापन
न सिर्फ़, आत्महत्या की सरहद पर बोलता है
मुहावरों के हवाई हमले से बचने के लिए
जिसके दिमाग़ में शताब्दियों का अन्धा कूप है

जो खोए हुए साहस की तलाश में
पशुओं की पूँछ के नीचे टटोलता है
जो किताबों के बीच में
जानवर-सा चुप है

यह उस आदमी का भविष्य है जो अचानक,
टूटते-टूटते, इस तरह तन गया है
कि कल तक जो मवेशीख़ाना था उसके लिए
आज पंचायत-भवन बन गया है

लालटेन की लौ ज़रा और तेज करो
उसे यहाँ—
पेड़ में गड़ी हुई कील से
लटका दो
हाँ—अब ठीक है
आज का सबक शुरू करने से पहले
मैं एक बार फिर वह सब बतलाना चाहूँगा
जिसे मैंने कल कहा था
क्योंकि पिछले पाठ का दुहराना
हर नई शुरुआत में शरीक है

कल मैंने कहा था कि वह दुनिया
जिसे ढकने के लिए तुम नंगे हो रहे थे
उसी दिन उघर गई थी
जिस दिन हर भाषा
तुम्हारे अँगूठा-निशान की स्याही में डूबकर
मर गई थी

तुम अपढ़ थे
गँवार थे
सीधे इतने कि बस—
'दो और दो चार' थे

मगर चालाक 'सुराजिए'
आजादी के बाद के अँधेरे में
अपने पुरखों का रंगीन बलगम
और ग़लत इरादों का मौसम जी रहे थे

अपने-अपने दराज़ों की भाषा में बैठकर
'गर्म कुत्ता' खा रहे थे
'सफेद घोड़ा' पी रहे थे

उन्हें तुम्हारी भूख पर भरोसा था
सबसे पहले उन्होंने एक भाषा तैयार की
जो तुम्हें न्यायालय से लेकर नींद से पहले
की—
प्रार्थना तक, ग़लत रास्तों पर डालती थी
'वह सच्चा पृथ्वीपुत्र है'
'वह संसार का अन्नदाता है'

मगर तुम्हारे लिए कहा गया हर वाक्य,
एक धोखा है जो तुम्हें दलदल की ओर
ले जाता है

लहलहाती हुई फसलें...
बहती हुई नदी...
उड़ती हुई चिड़ियाँ...
यह सब, सिर्फ़, तुम्हें गूँगा करने की चाल है
क्या तुमने कभी सोचा कि तुम्हारा—
यह जो बुरा हाल है
इसकी वजह क्या है?

इसकी वजह वह खेत है
जो तुम्हारी भूख का दलाल है
आह! मैं समझता हूँ कि यह एक ऐसा सत्य है
जिसे सकारते हुए हर आदमी झिझकता है
मगर तुम खुद सोचो कि डबरे में
डूबता हुआ सूरज
खेत की मेड़ पर खड़े आदमी को
एक लम्बी परछाईं के सिवा और क्या दे
सकता है

काफ़ी दुविधा के बाद
मुझे यह सच्चाई सकारनी पड़ी है
यद्यपि यह सही है कि सूरज
तुम्हारी जेब-घड़ी है
तुम्हारी पसलियों पर
मौसम की लटकती हुई ज़ंजीर
हवा में हिलती है और
पशुओं की हरकतों से
तुम्हें आनेवाले ख़तरों की गन्ध
मिलती है
लेकिन इतना ही काफ़ी नहीं है
इसीलिए मैं फिर कहता हूँ कि हर हाथ में
गीली मिट्टी की तरह—हाँ-हाँ—मत करो
तनो
अकड़ो
अमरबेलि की तरह मत जियो
जड़ पकड़ो

बदलो—अपने-आपको बदलो
यह दुनिया बदल रही है
और यह रात है, सिर्फ रात...
इसका स्वागत करो
यह तुम्हें
शब्दों के नए परिचय की ओर लेकर
चल रही है।

# मकान

बस ज़रा-सी गफ़लत होती है और जंगल
आदमी की गिरफ़्त से छूटकर
दीवारों की क़वायद में शरीक
हो जाता है, इसके बाद
पूरे परिवार की गलतफ़हमी का
फ़ायदा उठाते हुए
एक मकान उठता है और
एक बूढ़ा आदमी
उस पर झंडे की तरह उड़ने लगता है
उसके पाँच बच्चे नींव में
चुन दिए जाते हैं
और एक बूढ़ी औरत
उस मकान की खिड़की पर
बैठकर
अपनी परछाईं को
हरियाली के किस्से सुनाती है
मकान—
मारे गए आदमी के नाम पर
छतों की साज़िश है जहाँ रात
रिश्तों की आड़ में
पशुओं को पालतू बनाती है
यह सन् 1960 की बात है

जब मैं अपनी कविताओं की हद
फाँद रहा था
अचानक मुझे इस बात का पता
चल गया और मैंने उस खानाबदोश
औरत की जाँघों में घुसकर
खुद को पालतू होने से बचा लिया
जिसने कहा था कि बाज़
अपने लिए घोंसला नहीं बनाता
तब से सात साल गुज़र चुके हैं :
मकानों को चरागाह की तरह इस्तेमाल करता हुआ
मैं देश के इस कोने से उस कोने तक
घूम रहा हूँ
अपने फालतू मित्रों के बीच वे किस्से
बाँटता रहा हूँ जो मुझे खेवली
उल्टाडाँगा और हकीकतनगर में मिले हैं
मैंने अक्सर उन्हें
उन मकानों के बारे में बतलाया है
जिनकी छतों पर हवा
कबूतरों की बीट से मैली हो जाती है
जिनकी खिड़की
गली झाँकते चेहरों को बेवजह बदनाम करती है
जिनके आँगन में धूप कभी नहीं जाती
जिसके संडासघरों में खाँसी
किवाड़ों का काम करती है
जहाँ बूढ़े
खाना खा चुकने के बाद अन्धे हो जाते हैं
जवान लड़कियाँ अँधेरा पकड़ लेती हैं
बच्चे फ़िल्मी गीतों की तर्ज़ पर अँगूठा चूसते हैं
और नौजवान अपनी ज़िम्मेदारियाँ
रोज़गार-दफ्तरों को सौंपकर
चूहों की नस्ल पर बहस करते हैं
रात—

जब सड़कें रोशनी के आरों के नीचे होती हैं
इन मकानों की नींव में
असंख्य नावें डूबती हैं
सुबहें—
उन्हें नारंगी के डब्बों-सी खाली कर जाती हैं
और मुर्ग़े
जब दोपहर को अपनी बाँग से
गलत साबित कर रहे होते हैं
उनकी खिड़कियाँ नींद में
किसी मरीज़ की आँखों-सी
बन्द रहती हैं
मैंने देखा है
किस तरह मकानों की आड़ में
छिपे हुए मकान
दरवाज़ों में चाकू छिपाकर
आदमी का इन्तज़ार करते हैं
'स्वागत है' आहिस्ता-आहिस्ता
किसी आदमखोर के जबड़े की तरह
उस मकान का फाटक खुल जाता है
और देखते-ही-देखते
एक समूचा और मुस्कराता हुआ आदमी
उसके भीतर नमक के ढेले-सा
घुल जाता है
तुम उसे रोक नहीं सकते

कुछ आदिम मुहावरों ने
उसके दिमाग की सबसे समझदार
नस को मुर्दा बना डाला है
उसके खून में—बसन्त की लय पर
हर वक्त, एक गीत बजता रहता है—
'मकान मानव सम्बन्धों की मनोहर चित्रशाला है'
मगर मैं इसका मतलब समझता हूँ

रसोईघर में खुशबूदार मसालों और उबलती हुई
मुस्कराहटों का ज़हर
किस तरह उसकी हत्या करता है
किस तरह रिश्ते उसे दावत की तरह खाते हैं
मैंने अपने बेलगाम मित्रों को बतलाया है
कि किस तरह इस षड्यंत्र की शुरुआत
उसी वक्त हो जाती है जब आदमी
आज़ादी और वक्त से ऊबकर
अपनी देशी आदतों और सस्ती किताबों के साथ
16 × 12 फुट का एक खूबसूरत कमरा हो जाता है
और उस वक्त उसकी हत्या कर दी जाती है
जब फूल और गोश्त में
फर्क करने के सारे सबूत मिटाकर
वह बिस्तर से खिड़की तक
फैलकर सो जाता है।

# एक आदमी

शाम जब तमाम खुली हुई चीज़ों को
बन्द करती हुई चली जाती है
और दरवाज़े पर
सिटकिनी का रंग बरामदे के
अन्धकार में घुल जाता है
जब मैं काम से नहीं होता
याने कि मैं नहीं ढोता
अलमारियों में बन्द किताबों का विवेक
या हाँफते हुए घोड़ों और फेन से तरबतर—
औरतों का गर्म ख़याल :
मेरे पास एक आदमी आता है
('जैसे किसी मकान में अपरिचितों के बीच—
चल रहे हों'
आप कल्पना करें—)
अपनी उपस्थिति पर अनायास
खाँसता हुआ
मेरे पास रोज़ एक आदमी आता है
वक़्त के साथ बेचैनी से बीतता हुआ
वह एक मर्द है
उसके सूजे हुए चेहरे पर

मौसमों की अँगुलियाँ अलग-अलग
उपटी हुई हैं

उसकी नाक ऊँची है
और बरौनियाँ सटी हुई हैं
उसने एक मशीन पाल रखी है
जो उसे
चीज़ों के नीलाम में
मदद देती है।

उसकी गर्दन लम्बी है। उसे शक है—
किसी ने रास्ते-भर उसका पीछा किया है
उम्र के सत्ताईस साल
उसने भागते हुए जिए हैं
उसके पेशाब पर चींटियाँ रेंगती हैं
उसके प्रेम-पत्रों की आँच में
उसकी प्रेमिकाएँ रोटियाँ सेंकती हैं
अपनी अधूरी इच्छाओं में झुलसता हुआ
वह एक सम्भावित नर्क है :
वह अपने लिए काफ़ी सतर्क है
और जब जवान औरतों को देखता है—
उसकी आँखों में कुत्ते भौंकते हैं
उसका विचार है—
कि उसके मरते ही मनुष्यता—
अन्धी हो जाएगी
उसे अपनी सेवाओं पर गर्व है।
देश से प्यार है।
कुर्सी के 'हाते' में उसकी हरकतें—
मुझे अच्छी लगती हैं
और अच्छा लगता है उसका झेंपता हुआ चेहरा
जिससे शालीनता इतनी ज्यादा टपक चुकी है
कि वहाँ एक तैरता हुआ पत्थर है
सम्भावनाओं में लगातार पहलू बदलता हुआ...
अपनी पराजित और जड़-विहीन हँसी पर
अतीत और मानसून का खोखलापन

टाँगता हुआ
जब वह हँसता है उसका मुख
धक्का खाई हुई 'रीम' की तरह
उदास–फैल जाता है
मेरे पास अक्सर एक आदमी आता है
और हर बार
मेरी डायरी के अगले पन्ने पर
बैठ जाता है।

# शहर का व्याकरण

शहर का व्याकरण ठीक करने के लिए
एक हल्लागाड़ी
गश्त कर रही है
चुनाव के इश्तहार से निकलकर
एक आदमी सड़क पर आ गया है
आसमान में सन्नाटा छा गया है
शाम के सात बजे हैं
भाषा के चौथे पहर में
'मैं प्रभु हूँ' का चेहरा उतारकर
वह विदूषक
उस शो-केस के सामने खड़ा है
जिसमें जूते—
पान की गिलौरियों की तरह सजे हैं
और एक रर्रा विदेशी पर्यटक का
पीछा कर रहा है
उसकी जुबान पर अपने यहाँ गाए जानेवाले
जंगल-गीत का प्यारा-सा छन्द है
(आगे सड़क बन्द है) लाल बत्ती जल रही है
फर्माइशी गीतों की परिचित आवाज़ में
सीमा पर तैनात जवानों का हौसला
बुलन्द है
अब हर चीज़ का एक नाम है

लोगों की सुविधा के लिए
बनिया–सच्चाई है
यह महँगाई है
जिसने बाज़ार को चकमा दिया है
लोग आ रहे हैं—जा रहे हैं
धक्का दे रहे हैं—खा रहे हैं
और खुश हैं कि भीड़ सुख पा रहे हैं
मगर सुनो! तुमने अपने कुत्ते को
दिन में क्यों खोल दिया है
इससे पहले कि वह पकड़ लिया जाए
और चीर–फाड़ की किसी धारणा को साबित करते हुए
अस्पताल में हलाल हो
अगर तुम उसे नगरपालिका की नज़र से
बचाना चाहते हो—
उसके गले में एक पट्टा डाल दो

सचमुच मजबूरी है
मगर ज़िन्दा रहने के लिए
पालतू होना ज़रूरी है।

## पतझड़

ठीक यहीं से
नंगेपन की ओर
चले जाते हैं पेड़

जंगल की सरहद पर
जलते जनतंत्र में
रंगों की सुविधा का
पिछला एहसास लिए
अपने दशक की समूची युवा पीढ़ी
देखती रह जाती है
जड़ों को लेकर
ज़मीन की अँधेरी गहराइयों में
भागती हुई भूख
पत्तियाँ चबाती है

तुमने भी देखा है ?
तुमने क्या देखा ?
ठीक यहीं से
मौसम को झाँसा देता हुआ
दो पीढ़ियों के बीच की
नफ़रत-सा धुँधला आसमान

अनाथालय के फाटक-सी खुली हुई
पृथ्वी पर
धूप के चौंध फेंकता है
जनवादी मुद्रा में
शाख़ों पर चढ़ी हुई नकचढ़ी हवा
शब्द-वृद्ध पत्तों पर
समकालीनता के जनसंघी नुस्खे लिखती है
'संविद की होड़ में
एक आत्मीय चेहरा गायब
हो गया है और कविता
इतने ज़िन्दा शब्दों के बावजूद
हमलावरों के डर से
ख़ाली किए गए शहर की तरह दिखती है'
तुमने भी पढ़ा है?
तुमने क्या पढ़ा?

ठीक यहीं से
रिश्तों का फालतूपन उभरता है
परिचय की सतहों पर
फैल जाता है गाढ़ा अन्धकार
आत्मीयता—
नीयत की हरजाई तुकबन्दियों में
खो जाती है। किसी
डरे हुए पेड़ के इशारे पर
हरियाली
भूँकते हुए अन्धड़ के सामने
कुछ तिनके फेंककर
वक़्त की साज़िश में
शरीक हो जाती है

चीज़ों में लोहा कमतर हो जाता है
एकाएक—

जंग लगे अचरज से बाहर
आ जाता है आदमी का भ्रम और देश-प्रेम
बेकारी की फटी हुई जेब से खिसककर
बीते हुए कल में
गिर पड़ता है :
मैंने रोज़गार-दफ्तर से गुज़रते हुए—
नौजवान को
यह साफ़-साफ़ कहते सुना है—
'इस देश की मिट्टी में
अपने जाँगर का सुख तलाशना
अन्धी लड़की की आँखों में
उससे सहवास का सुख तलाशना है'
तुमने भी सुना है?
तुमने क्या सुना?

# कवि 1970

इस वक़्त जबकि कान नहीं सुनते हैं कविताएँ
कविता पेट से सुनी जा रही है आदमी
ग़ज़ल नहीं गा रहा है ग़ज़ल
आदमी को गा रही है

इस वक्त जबकि कविता माँगती है
समूचा आदमी अपनी ख़ुराक के लिए
उसके मुँह से खून की बू
आ रही है

अपने बचाव के लिए
ख़ुद के खिलाफ हो जाने के सिवा
दूसरा रास्ता क्या है?
मैं आपसे ही पूछता हूँ

जहाँ पसीना पास से अधिक बदबू
देता है
अपना हाथ खोकर
चिमनी के नीचे खड़ा है
निहत्था मजूर
वहाँ आप मुझे मजबूर क्यों करते हो?

कविता में जाने से पहले
मैं आपसे ही पूछता हूँ
जब इससे न चोली बन सकती है
न चोंगा;
तब आपै कहो—
इस ससुरी कविता को
जंगल से जनता तक
ढोने से क्या होगा?
आपै जवाब दो
मैं इसका क्या करूँ?
तितली के पंखों में पटाखा बाँधकर
भाषा के हलके में
कौन-सा गुल खिला दूँ?

जब ढेर सारे दोस्तों का गुस्सा
हाशिए पर

चुटकुला बन रहा है

क्या मैं व्याकरण की नाक पर
रूमाल लपेटकर
निष्ठा का तुक
विष्ठा से मिला दूँ?

आपै जवाब दो
आखिर मैं क्या करूँ?
सुविधा की तहज़ीब से बाहर
जहाँ चौधरी अपना चमरौधा
उतार गए हैं
कविता में
वहीं कहीं नफ़रत का
एक डरा हुआ बिन्दु है

आप उसे छुओ;
वह कुनमुनाएगा
आप उसे कोंचो
वह उठ खड़ा होगा

लेकिन एक ज़रूरतमन्द चेहरे के अलावा
वह धूमिल नहीं—
एक डरा हुआ हिन्दू है

उसके बीवी है
बच्चे हैं
घर है

अपने हिस्से का देश
ईश्वर की दी हुई गरीबी है
(यह बीवी का तुक नहीं है)
और सही शब्द चुनने का डर है

मैं एक डर चुनता हूँ
सबसे हलका
सबसे बारीक
सबसे मुलायम

कम-अज़-कम जिससे मैं खुद को बाँध सकूँ
जुआ तोड़कर भागते हुए शब्दों को
कविता में नाँध सकूँ

बहरहाल, मैं एक डर चुनता हूँ
मगर उसे बाज़ार में रखने से पहले ही-
घर में बीमार बच्चे का
'फटे हुए दूध-सा रोना' सुनता हूँ

बच्चा क्यों रो रहा है?
मैं चुपचाप उठकर रसोईघर में जाता हूँ
और पूछता हूँ 'क्या हो रहा है'

यह जानते हुए भी कि कई दिनों बाद
भूख का ज़ायका बदलने के लिए
आज कुम्हड़े की सब्ज़ी पक रही है

पत्नी का उदास और पीला चेहरा
मुझे आदत-सा आँकता है

उसकी फटी हुई साड़ी से झाँकती हुई पीठ पर
खिड़की से बाहर खड़े पेड़ की
वहशत चमक रही है

मैं झेंपता हूँ
और धूमिल होने से बचने लगता हूँ
याने बाहर का 'दुर-दुर'
और भीतर का बिल-बिल होने से
बचने लगता हूँ

आप मुस्कुराते हो?

'बढ़िया उपमा है'
'अच्छा प्रतीक है'
'हें हें हें! हें हें हें!!'
'तीक है—तीक है'

और मैं समझता हूँ कि आपके मुँह में
जितनी तारीफ है
उससे अधिक पीक है

फिर भी मैं अन्त तक
आपको सहूँगा

वादों की लालच में
आप जो कहोगे
वह सब करूँगा
लेकिन जब हारूँगा
आपके खिलाफ खुद अपने को तोड़ूँगा
भाषा को हीकते हुए अपने भीतर
थूकते हुए सारी घृणा के साथ

अन्त में कहूँगा—
सिर्फ़, इतना कहूँगा—
'हाँ, हाँ, मैं कवि हूँ;
कवि—याने भाषा में
भदेस हूँ;

इस कदर कायर हूँ
कि उत्तरप्रदेश हूँ!'

## नक्सलबाड़ी

'सहमति...
नहीं, यह समकालीन शब्द नहीं है
इसे बालिगों के बीच चालू मत करो'
—जंगल से जिरह करने के बाद
उसके साथियों ने उसे समझाया कि भूख
का इलाज नींद के पास है!
मगर इस बात से वह सहमत नहीं था
विरोध के लिए सही शब्द पटोलते हुए
उसने पाया कि वह अपनी ज़ुबान
सहुवाइन की जाँघ पर भूल आया है;
फिर भी हकलाते हुए उसने कहा—
'मुझे अपनी कविताओं के लिए
दूसरे प्रजातंत्र की तलाश है,'
सहसा तुम कहोगे और फिर एक दिन—
पेट के इशारे पर
प्रजातंत्र से बाहर आकर
वाजिब गुस्से के साथ अपने चेहरे से
कूदोगे
और अपने ही घूँसे पर
गिर पड़ोगे।

क्या मैंने गलत कहा? आखिरकार
इस खाली पेट के सिवा

तुम्हारे पास वह कौन-सी सुरक्षित
जगह है, जहाँ खड़े होकर
तुम अपने दाहिने हाथ की
साज़िश के खिलाफ लड़ोगे?

यह एक ख़ुला हुआ सच है कि आदमी—
दाएँ हाथ की नैतिकता से
इस कदर मजबूर होता है
कि तमाम उम्र गुज़र जाती है मगर गाँड़
सिर्फ, बायाँ हाथ धोता है।

और अब तो हवा भी बुझ चुकी है
और सारे इश्तहार उतार लिए गए हैं
जिनमें कल आदमी—
अकाल था। वक्त के
फालतू हिस्सों में
छोड़ी गई पालतू कहानियाँ
देश-प्रेम की हिज्जे भूल चुकी हैं,
और वह सड़क—
समझौता बन गई है
जिस पर खड़े होकर
कल तुमने संसद को
बाहर आने के लिए आवाज़ दी थी
नहीं, अब वहाँ कोई नहीं है
मतलब की इबारत से होकर
सब के सब व्यवस्था के पक्ष में
चले गए हैं। लेखपाल की
भाषा के लम्बे सुनसान में
जहाँ पालो और बंजर का फर्क
मिट चुका है चन्द खेत
हथकड़ी पहने खड़े हैं।

और विपक्ष में—
सिर्फ कविता है।
सिर्फ हज्जाम की खुली हुई 'किसमत' में एक उस्तुरा—
चमक रहा है।
सिर्फ भंगी का एक झाड़ू हिल रहा है
नागरिकता का हक हलाल करती हुई
गन्दगी के खिलाफ़।

और तुम हो, विपक्ष में
बेकारी और नींद से परेशान।

और एक जंगल है—
मतदान के बाद खून में अँधेरा
पछींटता हुआ।
(जंगल मुखबिर है)

उसकी आँखों में
चमकता हुआ भाईचारा
किसी भी रोज़ तुम्हारे चेहरे की हरियाली को,
बेमुरव्वत, चाट सकता है।

ख़बरदार!
उसने तुम्हारे परिवार को
नफ़रत के उस मुकाम पर ला खड़ा किया है
कि कल तुम्हारा सबसे छोटा लड़का भी
तुम्हारे पड़ोसी का गला
अचानक,
अपनी स्लेट से काट सकता है।
क्या मैंने गलत कहा?

आख़िरकार...आख़िरकार...

# कुत्ता

उसकी सारी शख़्सियत
नखों और दाँतों की वसीयत है
दूसरों के लिए
वह एक शानदार छलाँग है
अँधेरी रातों का
जागरण है नींद के खिलाफ
नीली गुर्राहट है

अपनी आसानी के लिए तुम उसे
कुत्ता कह सकते हो

उस लपलपाती हुई जीभ और हिलती हुई दुम के बीच
भूख का पालतूपन
हरकत कर रहा है
उसे तुम्हारी शराफत से कोई वास्ता
नहीं है उसकी नज़र
न कल पर थी
न आज पर है
सारी बहसों से अलग
वह हड्‌डी के एक टुकड़े और
कौर-भर
(सीझे हुए) अनाज पर है

साल में सिर्फ एक बार
अपने खून में ज़हरमोहरा तलाशती हुई
मादा को बाहर निकालने के लिए
वह तुम्हारी ज़ंजीरों से
शिकायत करता है
अन्यथा, पूरा का पूरा वर्ष
उसके लिए घास है
उसकी सही जगह तुम्हारे पैरों के पास है

मगर तुम्हारे जूतों में
उसकी कोई दिलचस्पी नहीं है
उसकी नज़र
जूते की बनावट नहीं देखती
और न उसका दाम देखती है
वहाँ, वह सिर्फ बित्ता-भर
मरा हुआ चाम देखती है
और तुम्हारे पैरों से बाहर आने तक
उसका इन्तज़ार करती है
(पूरी आत्मीयता से)

उसके दाँतों और जीभ के बीच
लालच की तमीज़ है जो तुम्हें
ज़ायकेदार हड्डी के टुकड़े की तरह
प्यार करती है

और वहाँ, हददर्जे की लचक है
लोच है
नर्मी है
मगर मत भूलो कि इन सबसे बड़ी चीज़
वह बेशर्मी है
जो अन्त में
तुम्हें भी उसी रास्ते पर लाती है

जहाँ भूख—
उस वहशी को
पालतू बनाती है।

# शहर, शाम और एक बूढ़ा : मैं

सिगरेट का आख़िरी कश खींचकर
मैंने उसे राख़दान में डाल दिया है
और अब, मैं एक शरीफ़ आदमी हूँ
पूरी नागरिक सौम्यता के साथ।

छुट्टियों के दिन मैं किसी से घृणा नहीं करता
मुझे किसी मोर्चे पर नहीं
जाना है
पूरी शराब पीकर मैंने उस बोतल को
शौचालय में डाल दिया है
जिस पर लिखा है—
FOR DEFENCE SERVICES ONLY
यह मेरी ज़िन्दगी का लब्बोलुबाब है
(हर अच्छे नागरिक की तरह
ख़तरे का सायरन बजते ही
मैंने अपनी खिड़कियों के पर्दे गिरा दिए हैं
ख़तरा—इन दिनों—
बाहर की नहीं बल्कि भीतर की रोशनी से है)

मैंने ऐसा कुछ भी नहीं किया है
कि मेरी प्रतिमा बने और उसके
उद्घाटन समारोह में

शहर के समझदार लोगों का एक पूरा व्यस्त दिन
ख़राब हो
मैंने अपनी थाली के एक किनारे बैठकर
बहुत साधारण जीवन जिया है
जेल के बगल की नागरिकता
और बूचड़ख़ाने के सामने की सज्जनता
मुझे विरासत में मिली थी
मैंने उन्हें अपनी सहूलियत के साथ जोड़कर
दो कदम आगे बढ़ाया है
नगरपालिका ने मुझे
बाएँ रहना सिखलाया है
(सफल जीवन जीने के लिए
कारनेगी की किताब की नहीं,
सड़क के यातायात चिन्हों को
समझने की ज़रूरत है)

छोटे-मोटे झूठ के अलावा
मुझे नहीं मालूम कि बन्दूक का वज़न
क्या होता है।
चौराहे पर कवायद करते हुए
ट्रैफिक पुलिस के चेहरे पर
मुझे हमेशा, जनतंत्र का नक्शा
नज़र आया है।

और अब मैं निश्चिन्त हूँ
मुझे कुछ नहीं करना है
मैं उम्र के उस मुकाम पर पहुँच गया हूँ
जहाँ फ़ाइलें बन्द हुआ करती हैं
मैं अपने बरामदे की निजी कुर्सी पर बैठा हूँ
बेझिझक...
सूरज मेरे जूते की नोक पर डूब रहा है
दूर कहीं बिगुल बज रहा है

यह फ़ौजियों की वापसी का वक्त है
और शहर
अपने जनून को
आहिस्ता-आहिस्ता शीशे और रोशनी में
बदल रहा है।

## सच्ची बात

बाडियाँ फटे हुए बाँसों पर फहरा रही है
और इतिहास के पन्नों पर
धर्म के लिए मरे हुए लोगों के नाम
बात सिर्फ इतनी है
स्नानघाट पर जाता हुआ हर रास्ता
देह की मंडी से होकर गुज़रता है
और जहाँ घटित होने के लिए कुछ भी नहीं है
वहीं हम गवाह की तरह खड़े किए जाते हैं
कुछ देर अपनी ऊब में तटस्थ
और फिर चमत्कार की वापसी के बाद
भीड़ से वापस ले लिए जाते हैं
वक्त और लोगों के बीच
सवाल शोर के नापने का नहीं है
बल्कि उस फासले का है जो इस रफ्तार में भी
सुरक्षित है
वैसे हम समझते हैं कि सच्चाई
हमें अक्सर अपराध की सीमा पर
छोड़ आती है
आदतों और विज्ञापनों से दबे हुए आदमी का
सबसे अमूल्य क्षण सन्देहों में
तुलता है
हर ईमान का एक चोर दरवाज़ा होता है

जो संडास की बगल में खुलता है
दृष्टियों की धार में बहती नैतिकता का
कितना भद्दा मज़ाक है
कि हमारे चेहरों पर
आँख के ठीक नीचे ही नाक है।

# हत्यारी सम्भावनाओं के नीचे

मुर्गे की बाँग पर
सूरज को टाँगकर
सो जाओ
हत्याओं के खिलाफ
ओढ़कर
निकम्मी आदतों का लिहाफ।
क्योंकि यही वक्त है जबकि सिरहाने
घड़ी के अलार्म का टूटा हुआ होना भी—
एक अदद सुविधा है।
वर्ना तुम कर भी क्या सकते हो
यदि पड़ोस की महिला का एक बटन
तुम्हारी बीवी के ब्लाउज से
(कीमत में) बड़ा है
और प्यार करने से पहले
तुम्हें पेट की आग से होकर
गुजरना पड़ा है।
फिर भी तुम चाहो तो यह करो
कि
अपने इतवार में
घुसी हुई बुढ़िया को
बाहर ढकेल दो
चाहे वह तुम्हारी

गृहस्थी ही क्यों न हो
धूप कमरे में खड़ी है
अपनी देह
स्वप्नों की दीवार बनने से बचाओ
वक्त के चौकस पंजों में
उम्र की गायब शक्लों को समेटकर
खाल के नीचे घुस जाओ
और भूल जाओ
कि नींद में
पेड़ के लिए
तुमने जंगल से बहस की है
चीख जो अँधेरे में
तुमने सुनी है—सिर्फ
तुमने ही नहीं—सबने सुनी है
सबने उसे ढाल पर
गिरते हुए देखा है
और महज़ एक देर
सबकी आँखों में
गुस्सा गुर्राया है, आँधीनुमा
बेचैनी चेहरों पर छाई है
सबने महसूस किया—कैसा अन्याय है।
किन्तु वहाँ सामने
कोई नहीं आया है
किसी ने नहीं कहा कि जुर्म की जगह
यह है और
पत्तों का हरापन डर की वजह है।
किसी ने नहीं कहा—
हर आदमी
भीतर की बत्तियाँ बुझाकर
पड़े-पड़े सोता है
क्योंकि वह समझता है
कि दिन की शुरुआत का ढंग

सिर्फ हारने के लिए होता है
हमदर्दी
चेहरों से आँसू और चमड़ा
बटोरती है
उम्मीद के चौखटों पर
चुम्बन की तेल लगी कीलों से
तसल्ली के जुमले टाँकती है
और फिर दूसरे मरीज़ की तलाश में
क्षमाहीन लोगों की भीड़ में
वापस चली जाती है
और तुम पाते हो कि तुम अकेले
रह गए हो
हारी हुई चीज़ों ने
अपने को चुनौतियों के सामने से
हटा लिया है और
अब सवालों की ओट में
खड़ी होकर
तुम्हारे लौटने का इन्तज़ार
कर रही हैं
लौट जाओ
इससे पहले कि तने हुए हाथों के
ठूँठ पर
रोशनी की चील बीट कर दे
असमय का साहस
आनेवाले दिनों को
चिथड़ों और सड़े हुए दाँतों से भर दे :
इससे पहले कि
ईमानदारी तुम्हें उस जगह ले जाए
जहाँ बेटा तुम्हें बाप कहते हुए
शरमाए,
तुम वापस चले जाओ
हत्यारी सम्भावनाओं के नीचे

सहनशीलता का नाम
आज भी हथियारों की सूची में नहीं है
रात खत्म हो चुकी है
और वह सुरक्षित नहीं है
जिसका नाम हत्यारों की सूची में नहीं है।

# मुनासिब कार्रवाई

अकेला कवि कठघरा होता है।
इससे पहले कि 'वह' तुम्हें
सिलसिले से काटकर अलग कर दे
कविता पर
बहस शुरू करो
और शहर को अपनी ओर
झुका लो।
यह सबूत के लिए है।
—रंगीन पत्रिकाओं में चरित्र—
पोंकता हुआ ईमान,
जो दाँतों में फँसी हुई भाषा की
तिकड़म है,
—टूटे हुए बकलस का खुफिया तनाव,
—एक बातूनी घड़ी,
—वकील का लबार चोगा,
—एक डरपोक चाकू
जिसका फल कानून की ज़द से
सूत-भर कम है,

शिनाख्त की इन तमाम चीज़ों के साथ
अपने लोगों की भीड़ में
भाषा को धीरे से धँसाओ।

बिना किसी घाव के शब्द
बाहर आ जाएँगे
जैसे परखी में बोरे का अनाज
चला आता है।
उन्हें परखो।
बाट की जगह अपना चेहरा रख दो।

यह न्याय के लिए है।
क्योंकि जिसमें थोड़ा-सा भी विवेक है;
वह जानता है कि आजकल
शहर कोतवाल की नीयत
और हथकड़ी का नम्बर एक है।
और अब देखो कि काँटे का रुख
किधर है।
कल तक वह उधर था
जिधर आढ़तिया था।
जिधर चुंगी का मुंशी बैठता था।
कल तक—
नगरपिता का सिर विरोध में
हिलता था और तुम पाते थे—
कि कविता का अर्थ
बदल गया है।

मगर अब चीज़ों के गलत होने का
पता चल गया है :
एक रिश्ता गलत समय देने लगा है;
उसकी मरम्मत के लिए
घड़ीसाज़ की दुकान पर जाना
सरासर भूल है।
तुम्हारे जिगरी दोस्त की कमर
वक्त से पहले ही झुक गई है
उसके लिए—

बढ़ई के आरी और बसूले से
लड़ना फिज़ूल है।
क्योंकि गलत होने की जड़
न घड़ीसाज़ की दुकान में है,
न बढ़ई के बसूले में
और न आरी में है
बल्कि वह इस समझदारी में है
कि वित्त मंत्री की ऐनक का
कौन-सा शीशा कितना मोटा है;
और विपक्ष की बेंच पर बैठे हुए
नेता के भाइयों के नाम
सस्ते गल्ले की कितनी दुकानों का
कोटा है।

और जो चरित्रहीन है
उसकी रसोई में पकनेवाला चावल
कितना महीन है।
इस वक्त चाई को जानना
विरोध में होना है।
और यहीं से—
अपराधियों की नाक के ठीक नीचे
कविता पर
बहस शुरू होती है।
चेहरे से चेहरा बटोरते हुए
एक तीखा स्वर
सवाल पर सवाल करता है।

सन्नाटा टूटता है।
गूँगे के मुँह से उत्तर फूटता है।
'कविता क्या है?
कोई पहनावा है?
कुर्ता-पाजामा है?'

'ना, भाई, ना,
कविता—
शब्दों की अदालत में
मुजरिम के कटघरे में खड़े बेकसूर आदमी का
हलफनामा है।'
'क्या यह व्यक्तित्व बनाने की—
चरित्र चमकाने की—
खाने-कमाने की—
चीज़ है?'
'ना, भाई, ना,
कविता
भाषा में
आदमी होने की तमीज़ है।'

इस तरह सवाल और जवाब की मंज़िलें—
तय करके
थका-हारा सच—
एक दिन अपने खोए हुए चेहरे में
वापस आता है,
और अचानक, एक नदारद-सा आदमी
समूचे शहर की ज़ुबान बन जाता है।

लेकिन मैंने कहा—
अकेला कवि कठघरा होता है।
साथ ही, मुझे डर है कि 'वह' आदमी
तुम्हें सिलसिले से काटकर
अलग कर देने पर तुला है;
जो आदमी के भेस में
शातिर दरिन्दा है,
जो हाथों और पैरों से पंगु हो चुका है
मगर नाखून में ज़िन्दा है,
जिसने विरोध का अक्षर-अक्षर

अपने पक्ष में तोड़ लिया है।
जो जानता है कि अकेला आदमी झूठ होता है।
जिसके मन में पाप छाया हुआ है।
जो आज अघाया हुआ है,
और कल भी—
जिसकी रोटी सुरक्षित है।
'वह' तुम्हें अकेला कर देने पर
तुला है।

वक्त बहुत कम है।
इसलिए कविता पर बहस
शुरू करो
और शहर को अपनी ओर झुका लो
क्योंकि असली अपराधी का
नाम लेने के लिए
कविता, सिर्फ़ उतनी ही देर तक सुरक्षित है
जितनी देर, कीमा होने से पहले,
कसाई के ठीहे और तनी हुई गँड़ास के बीच
बोटी सुरक्षित है।

# भाषा की रात

बजट के अँधेरे में
नींद का
सविनय अवज्ञा आन्दोलन
चल रहा है
नारों के पीछे
चीज़ों का नाटक बनाती हुई
भीड़ में
किसी बेशऊर आदमी का
बैरंग पुतला
चिट्‌ख-चिट्‌ख जल रहा है,
उसकी राख
फुटपाथ पर पड़े भिखारी के
खाली कटोरे में
गिर रही है
धुएँ से ढके हुए
आसमान के नीचे
लगता है कि हर चीज़
झूठ है :
आदमी
देश
आज़ादी
और प्यार—

सिर्फ़, नफ़रत सही है
नफ़रत सही है
इस शहर में
या उस शहर में
यानी कि मेरे या तुम्हारे शहर में
चन्द चालाक लोगों ने—
(जिनकी नरभक्षी जीभ ने
पसीने का स्वाद चख लिया है)
बहस के लिए
भूख की जगह
भाषा को रख दिया है
उन्हें मालूम है कि भूख से
भागा हुआ आदमी
भाषा की ओर जाएगा
उन्होंने समझ लिया है कि—
एक भुक्खड़ जब गुस्सा करेगा,
अपनी ही अँगुलियाँ
चबाएगा

और अब—
वे लौटा रहे हैं उपाधियाँ
और अलंकार,
उत्तेजित भीड़ का कवच
धारण करने के लिए
उनकी बनियानों के नीचे
छिपी हुई खूनी कटार
एक बार
फिर
परोपकारी कलम में
तबदील हो गई है
और लो,
लिपियों के अन्धे कुहराम में

देखते ही देखते
एक परिचित चेहरा
किसी तत्सम शब्द की तरह अपरिचित
हो गया है

एक तारा टूटा है
उत्तर से दक्षिण की ओर
रोशनी की भागती हुई गूँज के
सिरे से छूटकर
गिरा है—
लुंडमुंड—चीखता हुआ आसमान
जैसे आत्महत्या की
कोशिश करता हुआ आदमी
रस्सी टूटने से
ज़मीन पर गिरा है
शहर
दूसरे शहर की अफवाहों से
घिरा है
बख्तरबन्द गाड़ियों का दस्ता
तुम्हारी बगल से
अभी-अभी गुज़रा है
'तीन मुँहवाली' एक खौफनाक परछाईं
तुम्हारे सामने
टाँगें पसारकर
बेझिझक लेट गई है।
यह भाषा की रात—
नंगी
और
ठंडी
और
काली
'तीन मुँहवाली' यह भाषा की रात है

तुम्हारी ऊब का
चेहरा पहनकर
हत्यारों ने
फिर
उसी जुबान में
बोलना शुरू किया है
जिसमें तुम्हारे बचपन की
लोरियों की गन्ध है
और
जो तुम्हें बेहद पसन्द है।

उनके भीतर
लाल फीतोंवाली
मौकापरस्त
बौनी भलमनसाहत
दुबारा जगी है
और सहसा
उनकी सहानुभूति
तुम्हारे पसीने की बदबू से
मेल खाने लगी है
यानी कि उन्होंने मान लिया है कि
जो बीमार है
उसे रोशनी में
नंगा होने का
पूरा अधिकार है

उन्होंने सुरक्षित कर दिए हैं
तुम्हारे सन्तोष के लिए
पड़ोसी देशों की
भुखमरी के किस्से,
तुम्हारे गुस्से के लिए
अखबार का

आठवाँ कालम
और तुम्हारी ऊब के लिए
'वैष्णव जण तो तेणे कहिए' की
नमकीन धुन
गरज यह कि तुम्हें पूरा जाम करने का
पूरा इन्तज़ाम है
जहाँ चीज़ें
तुम्हारी शिनाख्त के अभाव में
अपनी असलियत खो रही हैं
वहाँ मादरी जुबान में
देश का
चमकता हुआ नाम है

लेकिन तुम
अपने-आपमें डूबे हुए
चुपचाप—
खड़े हो
किताब में छपे पेड़ की तरह
मौसम से बेखबर
और मैं
तुम्हें वक्त में
वापस खींच लाने की कोशिश में
लगा हूँ,
नहीं—मुझे इस तरह
डबडबायी हुई आँखों से
मत घूरो
मैं तुम्हारे ही कुनबे का आदमी हूँ
शरीफ हूँ
सगा हूँ,
फिलहाल,
तुम्हें गलत जगह डालने का
मेरा कोई इरादा नहीं है,

मगर साथ ही
यह भी साफ कर दूँ कि मेरा साहस
राशनकार्ड में लिखे—
एक फालतू नाम की दलील से
ज़्यादा नहीं है।

हाँ, मैं भी भयभीत हूँ
व्यवस्था की खोह में
हर तरफ
बूढ़े और रक्तलोलुप मशालची
घूम रहे हैं
इतिहास की ताज़गी
बनाए रखने के लिए
नौजवान और सफल
मौतों की टोह में

उन्हें हमारी तलाश है
उन्होंने जलते हुए आदमी को
झंडे की तरह उठा लिया है
और उसे
हमारे चेहरों पर
गाड़ना चाहते हैं
उन्हें हमारी तलाश है
ज़मीन की जली हुई जिल्द पर खड़ा
रोशनी सूँघनेवाले जासूस कुत्तों का
खतरनाक झुंड
उनके इशारों का इन्तज़ार कर रहा है
हर तरफ 'जागते रहो' के करिश्मे
गश्त कर रहे हैं

कल तक मुँह में जीभ डालकर
बोलनेवाला प्यारा पड़ोसी

आज,
देशी दाँतों की दोस्ती से
डर रहा है

यह भाषा की रात है
चीज़ें
या तो झुक रही हैं
या पीछे हट रही हैं
भाषा और भाषा की बीच की दरार में
उत्तर और दक्षिण की तरफ
फन पटकता हुआ
एक दोमुँहा विषधर
रेंग रहा है
रोज़ी के नाम पर
रोटी के नाम पर
जगह-जगह ज़हर
फेंक रहा है

और...और वह देखो कि—आऽऽ है
प्रान्तीयता का चेहरा लगाए हुए
कोई घुसपैठिया है?

और वह देखो वहाँ—
वे तैश-भरे चेहरे

वे मेरे देश के हमउम्र नौजवान
जिनकी आँखों में
रोज़गार-दफ्तर की
नोनछही ईंटों का अक्स
झिलमिला रहा है—
वे मेरे दोस्त—
किस तेज़ी से तोड़ना चाहते हैं भाषा का भ्रम

लेकिन रेल का डब्बा
टूट रहा है

वे हाँफती हुई जंगली नदी के
दहाने पर पहुँच गए हैं
(जहाँ से बैलों के भित्तिचित्रों वाली
पाषाणकालीन गुफा
शुरू होती है)
और शहर—
अपनी भूल-चूक का
अता-पता पूछनेवाला शहर—
बहुत पीछे छूट रहा है
दूर बहुत दूर
जहाँ आसमान अपने बौने हाथों से
हिन्दुस्तान की ज़मीन को
नंगा कर रहा है
एक विदेशी मुद्रावाला—
अवैतनिक दुभाषिया खिलखिला रहा है—

और वो देखो—
वह निहाल—तोंदियल
कैसा मगन है
हुचुर-हुचुर हँस रहा है

भाड़े की भीड़ के अन्धे जुनून पर
उसे, कतई, एतराज़ नहीं है

उसका कहना है कि लाभ और शुभ के बीच
सिन्दूर तो है मगर लाज
नहीं है
यह सारी अवहेलना—
यह सारा जोश

यह सारी ऊब
यह सारा रोष—
उसके लिए केवल तमाशा है
बिना किसी क्षोभ के
उसने अपने तख़्तियों के अक्षर
बदल दिए हैं
क्योंकि बनिया की भाषा तो सहमति की
भाषा है
देश डूबता है तो डूबे
लोग ऊबते हैं तो ऊबें
जनता लट्टू हो
चाहे तटस्थ रहे
बहरहाल, वह सिर्फ़ यह चाहता है
कि उसका 'स्वस्तिक'—
स्वस्थ रहे
ओ, भाषावार हमलों से हलकान मेरे भाई!
क्या तुम्हें अब भी
उसी का भरोसा है,
जिसके अधिकार में
हमारी लिट्टी है,
चावल है
इडली है
दोसा है?

हाय! जो असली कसाई है
उसकी निगाह में
तुम्हारा यह तमिल-दुख
मेरी इस भोजपुरी-पीड़ा का
भाई है
भाषा उस तिकड़मी दरिन्दे का कौर है
जो सड़क पर और है
संसद में और है

इसलिए बाहर आ!
संसद के अँधेरे से निकलकर
सड़क पर आ!
भाषा ठीक करने से पहले आदमी को ठीक कर
आ! अपने चौदहों मुखों से
बोलता हुआ आ!

ओ देश के पोर-पोर में दुखते हुए गूँगे जनून!
क्रोध की अकेली मुद्रा में
उफनते हुए सात्विक ख़ून!
आ, बाहर आ,
मैं एक अदना कवि—तेरी भाषा का मुँहताज,
मुझे अपनी बोली में शरीक कर!
चीख़, अपने होने की पीड़ा से चीख़
लीक तोड़
अब और तरह—
मत दे
साफ़-साफ़ कह दे—
भूख जो कल तक रोशनी थी
आज, नींद से पहले का
जागरण है,
सुविधापरस्त लोगों के
ऊसर दिमाग में
थूहर की तरह उगी हुई राजनीति
शब्दों से बाहर का व्याकरण है,

साफ़-साफ़ कह दे कि यह
सिर्फ़, सकारी हुई आत्मीयता है
कि भूखा रहकर भी आदमी
अपने हिस्से का आकाश
मुस्कराते हुए ढोता है

अपने देश की मिट्‌टी को आँख की
पुतली समझता है
वर्ना, रोटी के टुकड़े पर
किसी भी भाषा में देश का नाम लिखकर
खिला देने से
कोई देशभक्त नहीं होता है।

## पटकथा

जब मैं बाहर आया
मेरे हाथों में
एक कविता थी और दिमाग में
आँतों का एक्स-रे।
वह काला धब्बा
जो कल तक एक शब्द था;
खून के अँधेरे में
दवा की शीशी का ट्रेडमार्क
बन गया था।
औरतों के लिए ग़ैर-ज़रूरी होने के बाद
अपनी ऊब का
दूसरा समाधान ढूँढ़ना ज़रूरी है।
मैंने सोचा!
क्योंकि शब्द और स्वाद के बीच
अपनी भूख को ज़िन्दा रखना
जीभ और जाँघ के स्थानिक भूगोल की
वाजिब मजबूरी है।
मैंने सोचा और संस्कार के
वर्जित इलाकों में
अपनी आदतों का शिकार
होने से पहले ही
बाहर चला आया।
बाहर हवा थी

धूप थी
घास थी
मैंने कहा आजादी...
मुझे अच्छी तरह याद है—
मैंने यही कहा था
मेरी नस-नस में बिजली
दौड़ रही थी
उत्साह में
खुद मेरा स्वर
मुझे अजनबी लग रहा था
मैंने कहा—आ-ज़ा-दी
और दौड़ता हुआ खेतों की ओर
गया। वहाँ कतार के कतार
अनाज के अँकुए फूट रहे थे
मैंने कहा—जैसे कसरत करते हुए
बच्चे। तारों पर
चिड़ियाँ चहचहा रही थीं
मैंने कहा—काँसे की बजती हुई घंटियाँ...
खेत की मेड़ पार करते हुए
मैंने एक बैल की पीठ थपथपायी...
सड़क पर जाते हुए आदमी से
उसका नाम पूछा
और कहा—बधाई...

घर लौटकर
मैंने सारी बत्तियाँ जला दीं
पुरानी तसवीरों को दीवार से
उतारकर
उन्हें साफ किया
और फिर उन्हें दीवार पर (उसी जगह)
टाँग दिया।
मैंने दरवाज़े के बाहर

एक पौधा लगाया और कहा—
वन-महोत्सव...
और देर तक
हवा में गरदन उचका-उचकाकर
लम्बी-लम्बी साँस खींचता रहा
देर तक महसूस करता रहा—
कि मेरे भीतर
वक्त का सामना करने के लिए
औसतन, जवान खून है
मगर, मुझे शान्ति चाहिए
इसलिए खाली दरबे में
एक जोड़ा कबूतर लाकर डाल दिया
'गूँ...गुटरगूँ...गूँ...गुटरगूँ...'
और चहकते हुए कहा—
यही मेरी आस्था है
यही मेरा कानून है

इस तरह जो था उसे मैंने
जी भरकर प्यार किया
और जो नहीं था
उसका इन्तज़ार किया।
मैंने इन्तज़ार किया—
अब कोई बच्चा
भूखा रहकर स्कूल नहीं जाएगा
अब कोई छत बारिश में
नहीं टपकेगी।
अब कोई आदमी कपड़ों की लाचारी में
अपना नंगा चेहरा नहीं पहनेगा
अब कोई दवा के अभाव में
घुट-घुटकर नहीं मरेगा
अब कोई किसी की रोटी नहीं छीनेगा
कोई किसी को नंगा नहीं करेगा

अब यह ज़मीन अपनी है
आसमान अपना है
जैसा पहले हुआ करता था—
सूर्य, हमारा सपना है
मैं इन्तज़ार करता रहा...
इन्तज़ार करता रहा...
इन्तज़ार करता रहा...
जनतंत्र, त्याग, स्वतंत्रता...
संस्कृति, शान्ति, मनुष्यता...
ये सारे शब्द थे
सुनहरे वादे थे
खुशफ़हम इरादे थे

सुन्दर थे
मौलिक थे
मुखर थे
मैं सुनता रहा...
सुनता रहा...
सुनता रहा...
मतदान होते रहे
मैं अपनी सम्मोहित बुद्धि के नीचे
उसी लोकनायक को
बार-बार चुनता रहा
जिसके पास हर शंका और
हर सवाल का
एक ही जवाब था
यानी कि कोट के बटन-होल में
महकता हुआ एक फूल
गुलाब का।
वह हमें विश्वशान्ति और पंचशील के सूत्र
समझाता रहा। मैं खुद को
समझता रहा—'जो मैं चाहता हूँ—

वही होगा। होगा—आज नहीं तो कल
मगर, सब कुछ सही होगा।

भीड़ बढ़ती रही।
चौराहे चौड़े होते रहे।
लोग अपने-अपने हिस्से का अनाज
खाकर—निरापद भाव से
बच्चे जनते रहे।
योजनाएँ चलती रहीं
बन्दूकों के कारखानों में
जूते बनते रहे।
और जब कभी मौसम उतार पर
होता था। हमारा संशय
हमें कोंचता था। हम उत्तेजित होकर
पूछते थे—यह क्या है?
ऐसा क्यों है?
फिर बहसें होती थीं
शब्दों के जंगल में
हम एक-दूसरे को काटते थे
भाषा की खाई को
जुबान से कम और जूतों से
ज्यादा पाटते थे
कभी वह हारता रहा...
कभी हम जीतते रहे...
इसी तरह नोंक-झोंक चलती रही
दिन बीतते रहे...

मगर एक दिन मैं स्तब्ध रह गया।
मेरा सारा धीरज
युद्ध की आग से पिघलती हुई बर्फ में
बह गया।
मैंने देखा कि मैदानों में

नदियों की जगह
मरे हुए साँपों की केंचुलें बिछी हैं
पेड़—
टूटे हुए रॅडार की तरह खड़े हैं
दूर-दूर तक
कोई मौसम नहीं है
लोग—
घरों के भीतर नंगे हो गए हैं
और बाहर मुर्दे पड़े हैं
विधवाएँ तमगा लूट रही हैं
सधवाएँ मंगल गा रही हैं
वन-महोत्सव से लौटी हुई कार्यप्रणालियाँ
अकाल का लंगर चला रही हैं
जगह-जगह तख्तियाँ लटक रही हैं—
'यह श्मशान है, यहाँ की तसवीर लेना
सख्त मना है।'

फिर भी उस उजाड़ में
कहीं-कहीं घास का हरा होना
कितना डरावना है
मैंने अचरज से देखा कि दुनिया का
सबसे बड़ा बौद्ध-मठ
बारूद का सबसे बड़ा गोदाम है
अखबार के मटमैले हाशिए पर
लेटे हुए, एक तटस्थ और कोढ़ी देवता का
शान्तिवाद, नाम है
यह मेरा देश है...
यह मेरा देश है...
हिमालय से लेकर हिन्द महासागर तक
फैला हुआ
जली हुई मिट्टी का ढेर है
जहाँ हर तीसरी ज़ुबान का मतलब—

नफ़रत है।
साज़िश है।
अन्धेर है।
यह मेरा देश है
और यह मेरे देश की जनता है
जनता क्या है?
एक शब्द...सिर्फ एक शब्द है :
कुहरा और कीचड़ और काँच से
बना हुआ...
एक भेड़ है
जो दूसरों की ठंड के लिए
अपनी पीठ पर
ऊन की फसल ढो रही है।
एक पेड़ है
जो ढलान पर
हर आती-जाती हवा की जुबान में
हाँऽऽ...हाँऽऽ करता है
क्योंकि अपनी हरियाली से
डरता है।
गाँवों के गन्दे पनालों से लेकर
शहर के शिवालों तक फैली हुई
'कथाकलि' की एक अमूर्त मुद्रा है
यह जनता...
जनतंत्र में
उसकी श्रद्धा
अटूट है
उसको समझा दिया गया है कि यहाँ
ऐसा जनतंत्र है जिसमें
ज़िन्दा रहने के लिए
घोड़े और घास को
एक-जैसी छूट है
कैसी विडम्बना है

कैसा झूठ है
दरअस्ल, अपने यहाँ जनतंत्र
एक ऐसा तमाशा है
जिसकी जान
मदारी की भाषा है।

हर तरफ धुआँ है
हर तरफ कुहासा है
जो दाँतों और दलदलों का दलाल है
वही देशभक्त है
अन्धकार में सुरक्षित होने का नाम है—
तटस्थता। यहाँ
कायरता के चेहरे पर
सबसे ज्यादा रक्त है।
जिसके पास थाली है
हर भूखा आदमी
उसके लिए, सबसे भद्दी
गाली है

हर तरफ कुआँ है
हर तरफ खाई है
यहाँ, सिर्फ़, वह आदमी, देश के करीब है
जो या तो मूर्ख है
या फिर गरीब है

मैं सोचता रहा,
और घूमता रहा—
टूटे हुए पुलों के नीचे
वीरान सड़कों पर/आँखों के
अन्धे रेगिस्तानों में
फटे हुए पालों की
अधूरी जल-यात्राओं में

टूटी हुई चीज़ों के ढेर में
मैं खोई हुई आजादी का अर्थ
ढूँढ़ता रहा।
अपनी पसलियों के नीचे/अस्पतालों के
बिस्तारों पर / नुमाइशों में
बाजारों में / गाँवों में
जंगलों में / पहाड़ों पर
देश के इस छोर से उस छोर तक
उसी लोक-चेतना को
बार-बार टेरता रहा
जो मुझे दोबारा जी सके
जो मुझे शान्ति दे और
मेरे भीतर-बाहर का ज़हर
ख़ुद पी सके।
—और तभी सुलग उठा पश्चिमी सीमान्त
...ध्वस्त...ध्वस्त...ध्वान्त...ध्वान्त...
मैं दोबारा चौंककर खड़ा हो गया
जो चेहरा आत्महीनता की स्वीकृति में
कन्धे पर लुढ़क रहा था,
किसी झनझनाते हुए चाकू की तरह
खुलकर, कड़ा हो गया...
अचानक, अपने-आपमें ज़िन्दा होने की
यह घटना
इस देश की परम्परा की—
एक बेमिसाल कड़ी थी
लेकिन इसे साहस मत कहो।
दरअस्ल, यह पुट्ठों तक चोट खाई हुई
गाय की घृणा थी
(ज़िन्दा रहने की पुरज़ोर कोशिश)
जो उस आदमखोर की हविस से
बड़ी थी।

मगर उसके तुरन्त बाद
मुझे झेलनी पड़ी थी—सबसे बड़ी ट्रैजेडी
अपने इतिहास की
जब दुनिया के स्याह और सफेद चेहरों ने
विस्मय से देखा कि ताशकन्द में
समझौते की सफेद चादर के नीचे

एक शान्ति-यात्री की लाश थी
और अब यह किसी पौराणिक कथा के
उपसंहार की तरह है कि इस देश में
रोशनी उन पहाड़ों से आई थी
जहाँ मेरे पड़ोसी ने मात
खाई थी।
मगर फिर मैं वहीं चला गया
अपने जनून के अँधेरे में
फूहड़ इरादों के हाथों
छला गया।
वहाँ बंजर मैदान
कंकालों की नुमाइश कर रहे थे
गोदाम अनाज से भरे पड़े थे और लोग
भूखों मर रहे थे
मैंने महसूस किया कि मैं वक्त के
एक शर्मनाक दौर से गुज़र रहा हूँ
अब ऐसा वक्त आ गया है जब कोई
किसी का झुलसा हुआ चेहरा नहीं देखता है
अब न तो कोई किसी का खाली पेट
देखता है, न थरथराती हुई टाँगें
और न ढला हुआ 'सूर्यहीन कन्धा' देखता है
हर आदमी, सिर्फ़, अपना धन्धा देखता है
सबने भाईचारा भुला दिया है
आत्मा की सरलता को मारकर
मतलब के अँधेरे में (एक राष्ट्रीय मुहावरे की बगल में)

सुला दिया है।
सहानुभूति और प्यार
अब ऐसा छलावा है जिसके ज़रिए
एक आदमी दूसरे को, अकेले—
अँधेरे में ले जाता है और
उसकी पीठ में छुरा भोंक देता है
ठीक उस मोची की तरह जो चौक से
गुज़रते हुए देहाती को
प्यार से बुलाता है और मरम्मत के नाम पर
रबर के तल्ले में
लोहे की तीन दर्जन फुल्लियाँ
ठोंक देता है और उसके नहीं-नहीं के बावजूद
डपटकर पैसा वसूलता है
गरज़ यह कि अपराध
अपने यहाँ एक ऐसा सदाबहार फूल है
जो आत्मीयता की खाद पर
लाल-भड़क फूलता है
मैंने देखा कि इस जनतांत्रिक जंगल में
हर तरफ हत्याओं के नीचे से निकलते हैं
हरे-हरे हाथ, और पेड़ों पर
पत्तों की जुबान बनकर लटक जाते हैं
वे ऐसी भाषा बोलते हैं जिसे सुनकर
नागरिकता की गोधूलि में
घर लौटते हुए मुसाफिर
अपना रास्ता भटक जाते हैं

उन्होंने किसी चीज़ को
सही जगह नहीं रहने दिया है
न संज्ञा
न विशेषण
न सर्वनाम
एक समूचा और सही वाक्य

टूटकर
'बि ख र' गया है
उनका व्याकरण इस देश की
शिराओं में छिपे हुए कारकों का
हत्यारा है
उनकी सख़्त पकड़ के नीचे
भूख से मरा हुआ आदमी
इस मौसम का
सबसे दिलचस्प विज्ञापन है और गाय
सबसे सटीक नारा है
वे खेतों में भूख और शहरों में
अफवाहों के पुलिन्दे फेंकते हैं
देश और धर्म और नैतिकता की
दुहाई देकर
कुछ लोगों की सुविधा
दूसरों की 'हाय' पर सेंकते हैं
वे जिसकी पीठ ठोंकते हैं—
उसके रीढ़ की हड्डी गायब हो जाती है
वे मुस्कराते हैं और
दूसरे की आँख में झपटती हुई प्रतिहिंसा
करवट बदलकर
सो जाती है
मैं देखता रहा...
देखता रहा...
हर तरफ़ ऊब थी
संशय था
नफ़रत थी
मगर हर आदमी अपनी ज़रूरतों के आगे
असहाय था। उसमें
सारी चीज़ों को नए सिरे से बदलने की
बेचैनी थी, रोष था;
लेकिन उसका गुस्सा

एक तथ्यहीन मिश्रण था :
आग और आँसू और हाय का।

इस तरह एक दिन—
जब मैं घूमते-घूमते थक चुका था
मेरे खून में एक काली आँधी—
दौड़ लगा रही थी
मेरी असफलताओं में सोए हुए
वहशी इरादों को
झकझोरकर जगा रही थी
अचानक, नींद की असंख्य पर्तों में
डूबते हुए मैंने देखा
कि मेरी उलझनों के अँधेरे में
एक हम-शक्ल खड़ा है :
मैंने उससे पूछा—'तुम कौन हो?
यहाँ क्यों आए हो?
तुम्हें क्या हुआ है?'
'तुमने पहचाना नहीं—मैं हिन्दुस्तान हूँ
हाँ—मैं हिन्दुस्तान हूँ',
वह हँसता है—ऐसी हँसी कि दिल
दहल जाता है
कलेजा मुँह को आता है
और मैं हैरान हूँ
'यहाँ आओ
मेरे पास आओ
मुझे छुओ।
मुझे जियो। मेरे साथ चलो
मेरा यकीन करो। इस दलदल से
बाहर निकलो!
सुनो!
तुम चाहे जिसे चुनो
मगर इसे नहीं। इसे बदलो।

मुझे लगा—आवाज़
जैसे किसी जलते हुए कुएँ से
आ रही है।
एक अजीब-सी प्यारभरी गुर्राहट
जैसे कोई मादा भेड़िया
अपने छौने को दूध पिला रही है और
साथ ही किसी मेमने का सिर चबा रही है
मेरा सारा जिस्म थरथरा रहा था
उसकी आवाज़ में
असंख्य नरकों की घृणा भरी थी
वह एक-एक शब्द चबा-चबाकर
बोल रहा था। मगर उसकी आँख
गुस्से में भी हरी थी
वह कह रहा था—
'तुम्हारी आँखों के चकनाचूर आईनों में
वक्त की बदरंग छायाएँ उलटी कर रही हैं
और तुम पेड़ों की छाल गिनकर
भविष्य का कार्यक्रम तैयार कर रहे हो
तुम एक ऐसी ज़िन्दगी से गुज़र रहे हो
जिसमें न कोई तुक है
न सुख है
तुम अपनी शापित परछाईं से टकराकर
रास्ते में रुक गए हो
तुम जो हर चीज़
अपने दाँतों के नीचे
खाने के आदी हो
चाहे वह सपना हो अथवा आज़ादी हो
अचानक, इस तरह, क्यों चुक गए हो
वह क्या है जिसने तुम्हें
बर्बरों के सामने अदब से
रहना सिखलाया है ?
क्या यह विश्वास की कमी है

जो तुम्हारी भलमनसाहत बन गई है
या कि शर्म
अब तुम्हारी सहूलियत बन गई है
नहीं—सरलता की तरह इस तरह
मत दौड़ो
उसमें भूख और मन्दिर की रोशनी का
रिश्ता है। वह बनिए की पूँजी का
आधार है
मैं बार-बार कहता हूँ कि इस उलझी हुई
दुनिया में
आसानी से समझ में आनेवाली चीज़
सिर्फ दीवार है।
और यह दीवार अब तुम्हारी आदत का
हिस्सा बन गई है
इसे झटककर अलग करो
अपनी आदतों में
फूलों की जगह पत्थर भरो
मासूमियत के हर तकाज़े को
ठोकर मार दो
अब वक्त आ गया है कि तुम उठो
और अपनी ऊब को आकार दो।
'सुनो!
आज मैं तुम्हें वह सत्य बतलाता हूँ
जिसके आगे हर सच्चाई
छोटी है। इस दुनिया में
भूखे आदमी का सबसे बड़ा तर्क
रोटी है।
मगर तुम्हारी भूख और भाषा में
यदि सही दूरी नहीं है
तो तुम अपने-आपको आदमी मत कहो
क्योंकि पशुता—
सिर्फ पूँछ होने की मजबूरी नहीं है

वह आदमी को भी वहीं ले जाती है
जहाँ भूख
सबसे पहले भाषा को खाती है
वक्त सिर्फ़ उसका चेहरा बिगाड़ता है
जो अपने चेहरे की राख
दूसरों की रूमाल से झाड़ता है
जो अपना हाथ
मैला होने से डरता है
वह एक नहीं ग्यारह कायरों की
मौत करता है
और सुनो! नफ़रत और रोशनी
सिर्फ़ उसके हिस्से की चीज़ है
जिसे जंगल के हाशिए पर
जीने की तमीज है
इसलिए उठो और अपने भीतर
सोए हुए जंगल को
आवाज़ दो
उसे जगाओ और देखो—
कि तुम अकेले नहीं हो
और न किसी के मुहताज हो
लाखों हैं जो तुम्हारे इन्तज़ार में खड़े हैं
वहाँ चलो। उनका साथ दो
और इस तिलस्म का जादू उतारने में
उनकी मदद करो और साबित करो
कि वे सारी चीज़ें अन्धी हो गई हैं
जिनमें तुम शरीक नहीं हो...'

मैं पूरी तत्परता से उसे सुन रहा था
एक के बाद दूसरा
दूसरे के बाद तीसरा
तीसरे के बाद चौथा
चौथे के बाद पाँचवाँ...

यानी कि एक के बाद दूसरा विकल्प
चुन रहा था
मगर मैं हिचक रहा था
क्योंकि मेरे पास
कुल जमा थोड़ी सुविधाएँ थीं
जो मेरी सीमाएँ थीं
यद्यपि यह सही है कि मैं
कोई ठंडा आदमी नहीं हूँ
मुझमें भी आग है—
मगर वह
भभककर बाहर नहीं आती
क्योंकि उसके चारों तरफ चक्कर काटता हुआ
एक 'पूँजीवादी' दिमाग है
जो परिवर्तन तो चाहता है
मगर आहिस्ता-आहिस्ता
कुछ इस तरह की चीज़ों की शालीनता
बनी रहे।
कुछ इस तरह की काँख भी ढकी रहे
और विरोध में उठे हुए हाथ की
मुट्ठी भी तनी रहे...
और यही वजह है कि बात
फैलने की हद तक
आते-आते रुक जाती है
क्योंकि हर बार
चन्द टुच्ची सुविधाओं के लालच के सामने
अभियोग की भाषा चुक जाती है

मैं ख़ुद को कुरेद रहा था
अपने बहाने उन तमाम लोगों की असफलताओं को
सोच रहा था जो मेरे नज़दीक थे।
इस तरह साबुत और सीधे विचारों पर
जमी हुई काई और उगी हुई घास को

खरोंच रहा था, नोंच रहा था
पूरे समाज की सीवन उधेड़ते हुए
मैंने आदमी के भीतर की मेल
देख ली थी। मेरा सिर
भिन्ना रहा था
मेरा हृदय भारी था
मेरा शरीर इस बुरी तरह थका था कि मैं
अपनी तरफ़ घूरते हुए उस चेहरे से
थोड़ी देर के लिए
बचना चाह रहा था
जो अपनी पैनी आँखों से
मेरी बेबसी और मेरा उथलापन
थाह रहा था
प्रस्तावित भीड़ में
शरीक होने के लिए
अभी मैंने कोई निर्णय नहीं लिया था
अचानक, उसने मेरा हाथ पकड़कर
खींच लिया और मैं
जेब में जूतों का टोकन और दिमाग में
ताज़े अखबार की कतरन लिए हुए
धड़ाम से—
चौथे आम चुनाव की सीढ़ियों से फिसलकर
मत-पेटियों के
गड़गच्च अँधेरे में गिर पड़ा
नींद के भीतर यह दूसरी नींद है
और मुझे कुछ नहीं सूझ रहा है
सिर्फ एक शोर है
जिसमें कानों के पर्दे फटे जा रहे हैं
शासन सुरक्षा रोज़गार शिक्षा...
राष्ट्रधर्म देशहित हिंसा अहिंसा...
सैन्यशक्ति देशभक्ति आज़ादी वीसा...
वाद बिरादरी भूख भीख भाषा...

शान्ति क्रान्ति शीतयुद्ध एटम बम सीमा...
एकता सीढ़ियाँ साहित्यिक पीढ़ियाँ निराशा...
झाँय-झाँय, खाँय-खाँय, हाय-हाय, साँय-साँय...
मैंने कानों में ठूँस ली हैं अँगुलियाँ
और अँधेरे में गाड़ दी है
आँखों की रोशनी।
सब-कुछ अब धीरे-धीरे खुलने लगा है
मत-वर्षा के इस दादुर-शोर में
मैंने देखा हर तरफ
रंग-बिरंगे झंडे फहरा रहे हैं
गिरगिट की तरह रंग बदलते हुए
गुट से गुट टकरा रहे हैं
वे एक-दूसरे से दाँता-किलकिल कर रहे हैं
एक-दूसरे को दुर-दुर बिल-बिल कर रहे हैं
हर तरफ तरह-तरह के जन्तु हैं
श्रीमान् किन्तु हैं
मिस्टर परन्तु हैं
कुछ रोगी हैं
कुछ भोगी हैं
कुछ हिजड़े हैं
कुछ जोगी हैं
तिजोरियों के
प्रशिक्षित दलाल हैं
आँखों के अन्धे हैं
घर के कंगाल हैं
गूँगे हैं
बहरे हैं
उथले हैं, गहरे हैं

गिरते हुए लोग हैं
अकड़ते हुए लोग हैं
भागते हुए लोग हैं

पकड़ते हुए लोग हैं
गरज़ यह कि हर तरह के लोग हैं
एक-दूसरे से नफ़रत करते हुए वे
इस बात पर सहमत हैं कि इस देश में
असंख्य रोग हैं
और उनका एकमात्र इलाज—
चुनाव है।
लेकिन मुझे लगता कि एक विशाल दलदल के किनारे
बहुत बड़ा अधमरा पशु पड़ा हुआ है
उसकी नाभि में एक सड़ा हुआ घाव है
जिससे लगातार—भयानक बदबूदार मवाद
बह रहा है
उसमें जाति और धर्म और सम्प्रदाय और
पेशा और पूँजी के असंख्य कीड़े
किलबिला रहे हैं और अन्धकार में
डूबी हुई पृथ्वी
(पता नहीं किस अनहोनी की प्रतीक्षा में)
इस भीषण सड़ाँव को चुपचाप सह रही है
मगर आपस में नफ़रत करते हुए वे लोग
इस बात पर सहमत हैं कि
'चुनाव' ही सही इलाज है
क्योंकि बुरे और बुरे के बीच से
किसी हद तक 'कम से कम बुरे को' चुनते हुए
न उन्हें मलाल है, न भय है
न लाज है

दरअस्ल, उन्हें एक मौका मिला है
और इसी बहाने
वे अपने पड़ोसी को पराजित कर रहे हैं
मैंने देखा कि हर तरफ
मूढ़ता की हरी-हरी घास लहरा रही है
जिसे कुछ जंगली पशु

खूँद रहे हैं
लीद रहे हैं
चर रहे हैं

मैंने ऊब और गुस्से को
गलत मुहरों के नीचे गुज़रते हुए देखा
मैंने अहिंसा को
एक सत्तारूढ़ शब्द का गला काटते हुए देखा
मैंने ईमानदारी को अपनी चोरजेबें
भरते हुए देखा
मैंने विवेक को
चापलूसों के तलवे चाटते हुए देखा...
मैं यह सब देख ही रहा था कि एक नया रेला आया—
उन्मत्त लोगों का बर्बर जुलूस। वे किसी आदमी
को हाथों पर गठरी की तरह उछाल रहे थे
उसे एक-दूसरे से छीन रहे थे। उसे घसीट रहे थे।
चूम रहे थे। पीट रहे थे। गालियाँ दे रहे थे।
गले से लगा रहे थे। उसकी प्रशंसा के गीत
गा रहे थे। उस पर अनगिनत झंडे फहरा रहे थे।
उसकी जीभ बाहर लटक रही थी। उसकी आँखें बन्द
थीं। उसका चेहरा खून और आँसू से तर था। 'मूर्खों!
यह क्या कर रहे हो?' मैं चिल्लाया। और तभी किसी
ने उसे मेरी ओर उछाल दिया। अरे! यह कैसे हुआ?
मैं हतप्रभ-सा खड़ा था
और मेरा हमशक्ल
मेरे पैरों के पास
मूर्च्छित-सा
पड़ा था—

दुख और भय से एक झुरझुरी लेकर
मैं उस पर झुक गया
किन्तु बीच ही में रुक गया

उसका हाथ ऊपर उठा था
खून और आँसू से तर चेहरा
मुस्कराया था। उसकी आँखों का हरापन
उसकी आवाज़ में उतर आया था—
'दुखी मत हो। यही मेरी नियति है।
मैं हिन्दुस्तान हूँ। जब भी मैंने
उन्हें उजाले से जोड़ा है
उन्होंने मुझे इसी तरह अपमानित किया है
इसी तरह तोड़ा है।
मगर समय गवाह है
कि मेरी बेचैनी के आगे भी राह है।'

मैंने सुना। वह आहिस्ता-आहिस्ता कह रहा है
जैसे किसी जले हुए जंगल में
पानी का एक ठंडा सोता बह रहा है
घास की ताज़गी-भरी
ऐसी आवाज़ है
जो न किसी से खुश है, न नाराज़ है।
'भूख ने उन्हें जानवर कर दिया है
संशय ने उन्हें आग्रहों से भर दिया है
फिर भी वे अपने हैं...
अपने हैं...
अपने हैं...
जीवित भविष्य के सुन्दरतम सपने हैं
नहीं—यह मेरे लिए दुखी होने का समय
नहीं है। अपने लोगों की घृणा के
इस महोत्सव में
मैं शापित निश्चय हूँ
मुझे किसी से भय नहीं है।

'तुम मेरी चिन्ता न करो। उनके साथ
चलो। इससे पहले कि वे

गलत हाथों के हथियार हों
इससे पहले कि वे नारों और इश्तिहारों से
काले बाज़ार हों
उनसे मिलो। उन्हें बदलो।
नहीं—भीड़ के खिलाफ रुकना
एक ख़ूनी विचार है
क्योंकि हर ठहरा हुआ आदमी
इस हिंसक भीड़ का
अन्धा शिकार है।
तुम मेरी चिन्ता मत करो।
मैं हर वक्त सिर्फ़ एक चेहरा नहीं हूँ
जहाँ वर्तमान
अपने शिकारी कुत्ते उतारता है
अक्सर मैं मिट्टी का हरक़त करता हुआ
वह टुकड़ा हूँ
जो आदमी की शिराओं में
बहते हुए ख़ून को
उसके सही नाम से पुकारता है
इसलिए मैं कहता हूँ, जाओ, और
देखो कि वे लोग...'

मैं कुछ कहना ही चाहता था कि एक धक्के ने
मुझे दूर फेंक दिया। इससे पहले कि मैं गिरता
किन्हीं मजबूत हाथों ने मुझे टेक लिया।
अचानक भीड़ से निकलकर एक प्रशिक्षित दलाल
मेरी देह में समा गया। दूसरा मेरे हाथों में
एक पर्ची थमा गया। तीसरे ने मुझे एक मुहर देकर
पर्दे के पीछे ढकेल दिया।
भय और अनिश्चय के दुहरे दबाव में
पता नहीं कब और कैसे और कहाँ—
कितने नामों और चिन्हों और शब्दों को
काटते हुए मैं चीख पड़ा—

'हत्यारा! हत्यारा!! हत्यारा!!!'

[मुझे ठीक-ठीक याद नहीं है। मैंने यह
किसको कहा था। शायद अपने-आपको
शायद उस हमशक्ल को (जिसने खुद को
हिन्दुस्तान कहा था) शायद उस दलाल को
मगर मुझे ठीक-ठीक याद नहीं है]

मेरी नींद टूट चुकी थी
मेरा पूरा जिस्म पसीने में
सराबोर था। मेरे आसपास से
तरह-तरह के लोग गुज़र रहे थे।
हर तरफ हलचल थी, शोर था।
कुछ लोग कह रहे थे कि इन दिनों
एक खास परिवर्तन हुआ है
जनता जगी है। सब
प्रभु की माया है
एक लम्बे इन्तज़ार के बाद
चीज़ों का असली चेहरा
उजाले में आया है
और मैं चुपचाप सुनता हूँ
हाँ शायद—
मैंने भी अपने भीतर
(कहीं बहुत गहरे)
'कुछ जलता हुआ-सा' छुआ है
लेकिन मैं जानता हूँ कि जो कुछ हुआ है
नींद में हुआ है
और तब से आज तक
नींद और नींद के बीच का जंगल काटते हुए
मैंने कई रातें जागकर गुज़ार दी हैं
हफ्तों पर हफ्ते तह किए हैं
अपनी परेशानी के

निर्मम अकेले और बेहद अनमने क्षण
जिए हैं।
और हर बार मुझे लगा है कि कहीं
कोई खास फ़र्क़ नहीं है
ज़िन्दगी उसी पुराने ढर्रे पर चल रही है
जिसके पीछे कोई तर्क नहीं है।

हाँ, यह सही है कि इन दिनों
कुछ अर्ज़ियाँ मंज़ूर हुई हैं
कुछ तबादले हुए हैं
कल तक जो नहले थे
आज
दहले हुए हैं

हाँ, यह सही है कि इन दिनों
मंत्री जब प्रजा के सामने आता है
तो पहले से
कुछ ज्यादा मुस्कराता है
नए-नए वादे करता है
और यह सब सिर्फ़ घास के
सामने होने की मजबूरी है
वर्ना उस भलेमानुस को
यह भी पता नहीं है कि विधानसभा भवन
और अपने निजी बिस्तर के बीच
कितने जूतों की दूरी है।

हाँ यह सही है कि इन दिनों—चीज़ों के
भाव कुछ चढ़ गए हैं। अख़बारों के
शीर्षक दिलचस्प हैं, नए हैं।
मन्दी की मार से
पट पड़ी हुई चीज़ें, बाज़ार में
सहसा उछल गई हैं

हाँ यह सही है कि कुर्सियाँ वही हैं
सिर्फ़, टोपियाँ बदल गई हैं और—
सच्चे मतभेद के अभाव में
लोग उछल-उछलकर
अपनी जगहें बदल रहे हैं
चढ़ी हुई नदी में
भरी हुई नाव में
हर तरफ़, विरोधी विचारों का
दलदल है
सतहों पर हलचल है
नए-नए नारे हैं
भाषण में जोश है
पानी ही पानी है
पर
की
च
ड़
खामोश है।

मैं रोज़ देखता हूँ कि व्यवस्था की मशीन का
एक पुर्ज़ा गरम होकर
अलग छिटक गया है और
ठंडा होते ही
फिर कुर्सी से चिपक गया है
उसमें न हया है
न दया है

नहीं—अपना कोई हमदर्द
यहाँ नहीं है। मैंने एक-एक को
परख लिया है।
मैंने हरेक को आवाज़ दी है
हरेक का दरवाज़ा खटखटाया है

मगर बेकार...मैंने जिसकी पूँछ
उठाई है उसको मादा
पाया है।
वे सब के सब तिजोरियों के
दुभाषिए हैं।
वे वकील हैं। वैज्ञानिक हैं।
अध्यापक हैं। नेता हैं। दार्शनिक
हैं। लेखक हैं। कवि हैं। कलाकार हैं।
यानी कि—
कानून की भाषा बोलता हुआ
अपराधियों का एक संयुक्त परिवार है।

भूख और भूख की आड़ में
चबाई गई चीज़ों का अक्स
उनके दाँतों पर ढूँढ़ना
बेकार है। समाजवाद
उनकी जुबान पर अपनी सुरक्षा का
एक आधुनिक मुहावरा है।
मगर मैं जानता हूँ कि मेरे देश का समाजवाद
मालगोदाम में लटकती हुई
उन बाल्टियों की तरह है जिस पर 'आग' लिखा है
और उनमें बालू और पानी भरा है।

यहाँ जनता एक गाड़ी है

एक ही संविधान के नीचे
भूख से रियाती हुई फैली हथेली का नाम
'दया' है
और भूख में
तनी हुई मुट्ठी का नाम
नक्सलबाड़ी है

मुझसे कहा गया कि संसद
देश की धड़कन को
प्रतिबिम्बित करनेवाला दर्पण है
जनता को
जनता के विचारों का
नैतिक समर्पण है
लेकिन क्या यह सच है?
या यह सच है कि
अपने यहाँ संसद—
तेली की वह घानी है
जिसमें आधा तेल है
और आधा पानी है
और यदि यह सच नहीं है
तो वहाँ एक ईमानदार आदमी को
अपनी ईमानदारी का
मलाल क्यों है?

जिसने सत्य कह दिया है
उसका बुरा हाल—क्यों है?

मैं अक्सर अपने-आपसे सवाल
करता हूँ जिसका मेरे पास
कोई उत्तर नहीं है
और आज तक—
नींद और नींद के बीच का जंगल काटते हुए
मैंने कई रातें जागकर
गुज़ार दी हैं
हफ्तों पर हफ्ते तह किए हैं। ऊब के
निर्मम अकेले और बेहद अनमने क्षण
जिये हैं।

मेरे सामने वही चिरपरिचित अन्धकार है

संशय की अनिश्चयग्रस्त ठंडी मुद्राएँ हैं
हर तरफ
शब्दवेधी सन्नाटा है।
दरिद्र की व्यथा की तरह
उचाट और कूँथता हुआ। घृणा में
डूबा हुआ सारा का सारा देश
पहले की ही तरह आज भी
मेरा कारागार है।